I0631941

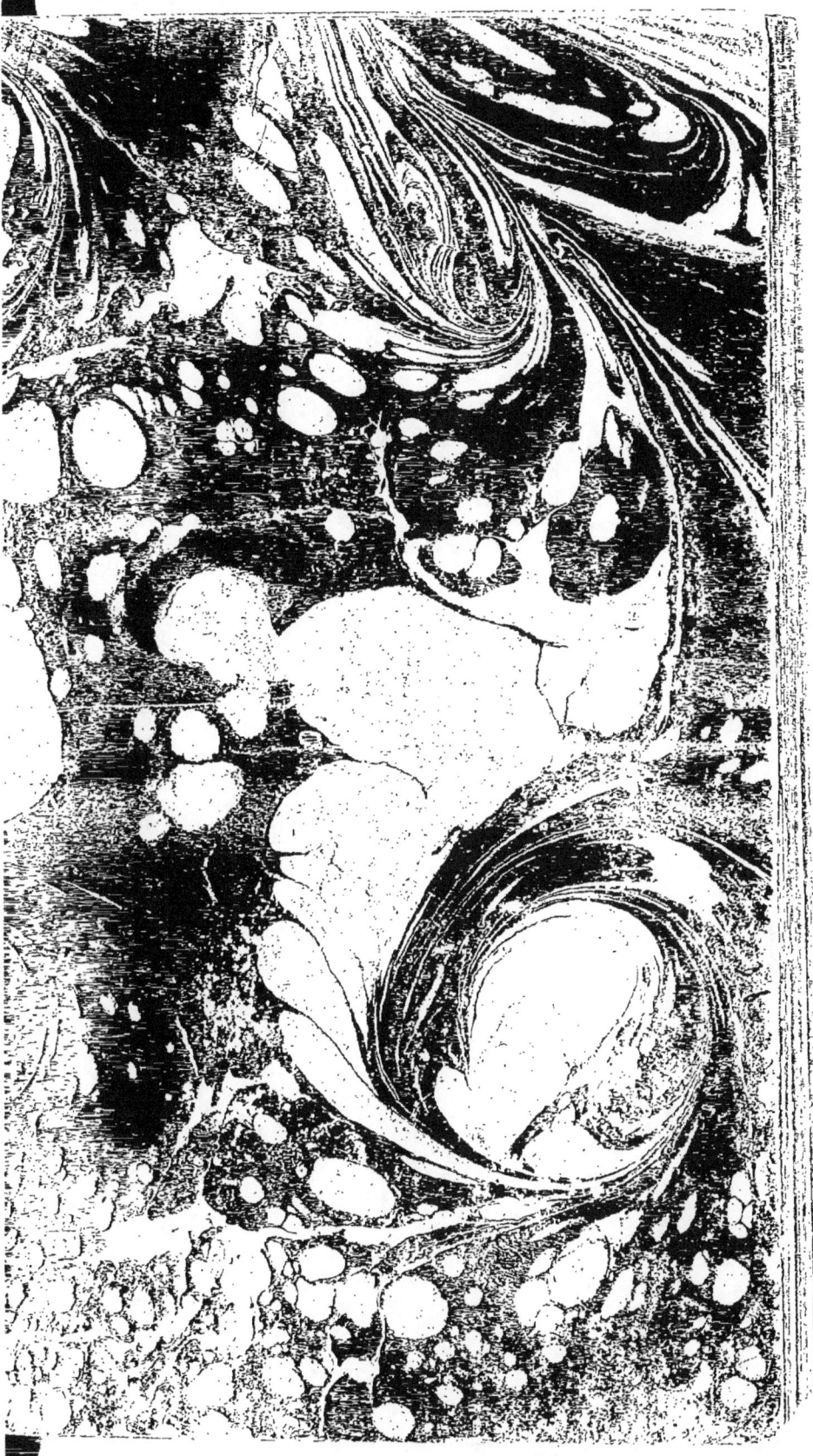

TANZAÏ

ET NÉADARNÉ.

HISTOIRE

JAPONOISE.

TOME SECOND.

A PEKIN,

Chez LOU-CHOU-CHU-LA,

Seul Imprimeur de Sa Majesté Chinoise pour
les langues étrangères.

M. DCC. XXXIV.

TABLE

DES CHAPITRES.

LIVRE TROISIE'ME.

TABLE

LIVRE QUATRIEME.

DES CHAPITRES.

TABLE

TANZAI.

TANZAÏ
ET
NÉADARNÉ.

LIVRE TROISIÈME.

CHAPITRE I.
Qui apprend qu'il ne faut compter sur rien.

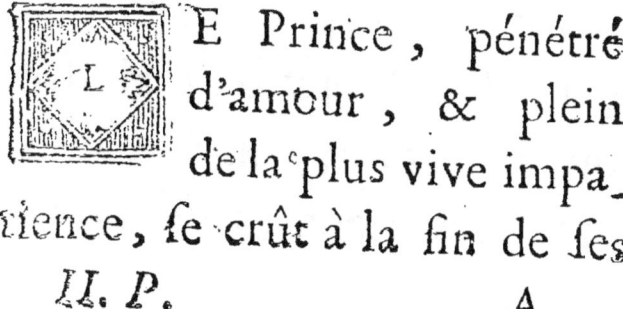

E Prince, pénétré d'amour, & plein de la plus vive impatience, se crût à la fin de ses

II. P.   A

malheurs, quand il fe vît fi
près de pofféder l'aimable
Néadarné ; il éprouvoit auprès d'elle, outre les defirs
dont on eft animé auprès de ce
qu'on aime, cette fureur de
joüir, cette ardeur inquiéte
que l'on fent pour un bien
dont on fe voit maître, après
des traverfes qui faifoient
craindre de ne le poffeder jamais. Au milieu des plus vifs
tranfports, le fouvenir de cette
premiere nuit qu'il avoit trouvé fi trifte, lui faifoit craindre
pour la feconde, un fort auffi
cruel. Les menaces de Con-

combre lui revenoient dans
l'efprit, & moins il fçavoit de
quelle maniere elle exerceroit
fa vengeance, plus il la trouvoit à redouter. Il y avoit des
tems où il juroit, mais modé-
rement, contre Barbacela :
Voïez, difoit-il, à quoi me
fert fa protection? Elle me
donne une Ecumoire, c'eft,
dit-elle, le moïen d'éviter les
malheurs que le deftin me
prépare, & c'eft précifément
la fource de tous ceux qui
m'accablent; fans elle, je n'aurois pas fâché Concombre, &
au lieu de me foulager, elle

A ij

me laiſſe là. Voilà une belle
façon de protéger ! Vous verrez qu'elle viendra me faire
des complimens quand je n'aurai plus beſoin de ſon ſecours.
Pendant qu'on deshabilloit la
Princeſſe, il faiſoit toutes ces
réfléxions, enfin il penſa tant
aux Fées, qu'il ſe ſouvint de
la Fée au Chaudron. Sur le
champ, il courût à ſon cabinet voir ſi elle lui avoit tenu
parole ſur l'eau de Santé. On
peut imaginer combien il la
trouva honnête quand il en
vît trente bouteilles. Son premier mouvement fût d'en ava-

ler une, mais non, dit-il, après,
je n'ai befoin auprès de Néadarné, que de fes charmes ; cependant la force de cette eau
ajoûtée à celle de mon amour,
doit produire des chofes éton-
nantes ; fi c'eft une fupercher-
rie, combien de femmes voudroient en éprouver de pareil-
les ? D'ailleurs, Néadarné à
qui je n'ai que faire de découvrir ce fecret, ne s'en eftime-
ra que davantage, & fans
compter l'idée qu'elle fe fera
de moi, il eft toûjours bon de
donner à une femme qu'on
aime, bonne opinion de fes

appas: de façon, ou d'autre,
l'amour y gagne, & quoique
m'ait dit Néadarné, quelque
mépris qu'elle ait fait de ces
plaifirs qu'elle traite d'indé-
cents, je fuis fûr que demain
elle aura changé d'avis. Ces
raifons lui paroiffant valables,
il bût la bouteille qu'il avoit
décoëffée, & rentra dans l'Appartement de la Princeffe,
comme fes femmes en for-
toient. Néadarné, accablée d'u-
ne douce langueur l'attendoit,
& Tanzaï preffé de fe rendre
heureux, ne la fit pas long-
tems attendre. Néadarné déja

accoutumée à se trouver entre
les bras du Prince, fit pour
cette fois plus valoir sa tendresse, que sa modestie : Agi-
tée des plus ardens transports,
elle livra tous ses charmes à
son amant qui, dans un plus
grand désordre qu'elle même,
s'amusa moins à les considérer
que la premiere fois. L'amour
dans les tendres caresses qu'il
leur inspira, ne leur laissa pas
la faculté de parler, à peine leurs
soûpirs pouvoient-ils se faire un
passage. Au milieu de tant de
plaisirs, Tanzaï en chercha de
plus grands ; tous deux enfin

poſſedez d'une douce fureur; l'ame dans ce tumulte heureux qu'elle ſe plaît encore à augmenter, ſe livrérent à leur yvreſſe. Les cris douloureux de Néadarné, & la réſiſtance qu'il trouvoit, l'étonnérent moins qu'ils ne le flatterent; quelques inſtances qu'elle lui fit, quelques larmes qu'elle verſât, il ne ſongeoit qu'à achever ſon triomphe : il auroit été infléxible, ſi Néadarné enfin évanoüie de façon à ne s'y pas méprendre, ne l'eut allarmé : Tout troublé qu'il étoit, il ne ſongea qu'à la ſecourir;

ce ne fût pas sans peine qu'elle
revint à elle: Le récit qu'elle fît
au Prince des douleurs qu'elle
avoit senties, un mouvement
extraordinaire qu'elle assuroit
s'être fait, l'obligérent à juger
par ses yeux de ce que ce pouvoit être. Quelle fût sa douleur! quand il s'apperçut qu'il
ne restoit aucune trace de cette beauté de Néadarné, qui,
dans ce moment, l'interressoit
le plus. C'est pour ce séjour enchanté, un changement si singulier, qu'il ne faut pas s'étonner si le Prince en fût surpris.
La Princesse, le voïant interdit,

lui en demanda la caufe ; Tanzaï, pour toute réponfe, lui
prît la main , & la lui porte où
il regardoit. Ah Ciel ! s'écria-
t'elle , la maudite Fée , fe van-
ge auffi de moi , cher Prince !
Sous quels aufpices , notre u-
nion a-t'elle été formée ? Mais,
comment ce malheur eft-il arrivé ? Chere Néadarné , dit le
Prince , il y avoit fi peu à faire
que ce n'eft pas là , que j'admire le pouvoir de la Fée. Malheureux que je fuis ! continua-
t'il , d'éternels obftacles s'op-
poferont-ils à notre bonheur ?
Me voilà donc privé pour ja-

mais du plaisir de vous posséder ? mais pourquoi, lui dît Néadarné, votre mal aïant trouvé un reméde, n'y en auroit-il pas pour le mien. Je consens, reprit Tanzaï, que cette espérance me reste, mais en me faisant entrevoir un bonheur à venir, détruisez-vous ma peine présente ? Ne me serai-je trouvé tant de fois sur le point d'être heureux, que pour sentir plus vivement l'impossibilité de le devenir ? Ah Prince ! reprit Néadarné, pensez-vous que cet accident ne soit rien pour moi ? Ma tendresse

ne me le rend-il pas plus douloureux, peut-être, qu'à vous
même ? Croïez-vous, qu'il ne
me foit pas bien fenfible, que
mon amour ne vous refufant
rien ! le votre, ne vous offrant
pour toute félicité, que celle
qui nous manque, les obftacles les plus cruels faffent évanoüir nos plaifirs ! Le refte de
la nuit fe paffa, foit en difcours, foit en tentatives inutiles. Néadarné ne concevoit
pas comment, ce que le Prince offroit à fes yeux, avoit pû
autrefois difparoître, & le
Prince, qui fe fouvenoit de ce

que Néadarné lui avoit laiffé voir, au defefpoir qu'il
n'en reftât rien, faifoit tout
pour en donner le démenti à
la Fée Concombre. L'eau de
Santé qu'il avoit bûë avec l'i-
dée de la mieux emploïer, faifoit des effets étonnants, &
fans les fecours de Néadarné
dont la compaffion le fecou-
roit tant bien que mal, il fe
feroit fans doute mal trouvé
d'en avoir tant pris : d'autant
plus qu'il n'imagina pas que
dans cette cruelle fituation, il
lui reftât des reffources. Ce
qu'il y a de remarquable, c'eft

que Tanzaï qui avoit été affli-
gé fans modération de fon
infortune, fupporta affez patiemment celle de Néadarné,
il l'addoroit, mais il fe voïoit
des motifs de confolation que
la premiere fois, il n'avoit
point eus. Il avoit réfolu de
ne lui pas être infidele, lui
dût-elle être inutile toute fa
vie, mais il étoit bien-aife d'a-
voir de quoi le devenir, &
que la Princeffe ne pût pas attribuer fa conftance, à l'im-
poffibilité de faire autrement.
Ce fentiment étoit délicat,
mais je ne fçais, fi dans la fui-

re, il ne se seroit pas trouvé de difficile execution. Néadarné, de son côté, étoit dans un dé-sespoir qui éclatoit malgré sa contrainte. Que fera au Prin-ce, disoit-elle en elle même, ma fidélité, & quel gré pour-ra-t'il me sçavoir de n'en ai-mer point d'autre que lui ? Qui me répondra même que tant d'événemens sinistres ne le déterminent pas à m'aban-donner, & qu'il ne me fasse pas responsable de la colere de l'abominable Concombre ? Hélas! quel sort est le mien? Je craignois, lorsque je pou-

vois fatisfaire fa tendreffe, que
fon amour ne s'éteignît, & je
tremble à préfent que rebuté
par tant d'obftacles, il ne m'ôte
à jamais fon cœur. Ils étoient
encore occupez l'un , & l'autre, de ces idées, lorfque le
jour vînt. Le Prince ne voulant pas que le Peuple fût inftruit de ce nouveau malheur,
prit le parti d'aller trouver
fon Pere , & de confulter avec
lui, fur les moïens qu'on pourroit mettre en œuvre pour def-
enchanter la Princeffe.

CHA-

CHAPITRE II.

Ce qui fit que le Prince se fâcha.

LE Roi dormoit profondément, lorsque le Prince alla tirer ses rideaux. Eh double Singe ! s'écria le vieux Monarque, que voulez - vous à l'heure qu'il est ? Est-ce à vous à me réveiller, que ne vous tenez-vous auprès de Néadarné ? A votre place... Oh ! à ma place, répondit brusquement Tanzaï, vous vous fe-

II. P.   B

riez peut être levé de meilleu-
re heure que je ne fais. Eſt-ce
que vous ſeriez mécontent de
la Princeſſe ? Reprit le Roi ,
tout au moins, bien élevée ,
comme elle a été , elle eſt
équivoque: Eh de par la queüe
ſacrée ! dit le Prince impatienté , il n'eſt pas queſtion de cela. Néadarné n'eſt rien, ce
que je ſuis eſt inutile pour elle,
la porte des plaiſirs eſt murée.
ô Ciel ! que m'apprenez-vous?
s'écria le Roi, aſſemblons le
Conſeil. Eh mon Pere ! repliqua Tanzaï, que nous dira-
t-il ce Conſeil ? Votre Sécre-

taire voudra faire des incisions,
& Saugrénutio ordonnera que
l'on consulte le Singe : Ce dernier parti me semble le meilleur ; mais, il suffira que le
Singe soit consulté à huis clos,
& je ne prétends pas que l'on
soit informé de ce malheur,
nous deviendrions enfin les
objets de la dérision publique :
Faites avertir le Grand-Prêtre,
nous nous rendrons *incognito*
au Temple, nous nous som-
mes assez bien trouvez du premier oracle pour recourir à un
second. Je ne serois pourtant
pas content, quand j'y pense,

qu'il mît Néadarné aux mêmes épreuves que moi. Eh! que vous importeroit, reprit le Roi, quand Néadarné feroit un songe? Quoiqu'il en soit, dît le Prince, tâchons de le lui épargner. Je sçais, que, pour finir tout ceci, il ne faudroit que porter Saugrénutio à lécher l'Ecumoire, mais comment le lui persuader? Rien ne le gagne, & la violence nous est défenduë. Saugrénutio que le Roi avoit fait avertir, entra. Concombre qui l'avoit déja prévenu, lui avoit dicté l'Oracle qu'il de-

voit rendre, & il étoit affez
inutile que le Prince prît, comme il le fît, la peine de le mettre au fait. Saugrénutio, après
avoir tout entendu, fût d'avis
d'aller fur le champ au Temple, parce que le Singe ne rendoit pas d'Oracles en Ville ; ils
s'y tranfportérent auffi-tôt, &
le Singe, après les cérémonies
accoutumées, rendit cet Oracle en Profe, afin qu'on l'en-
tendit mieux :

La Princeffe ne fe reverra dans
fon premier état, que le grand
Génie Mange-Taupes n'en ait
difpofé felon fa fainte volonté.

Selon fa fainte volonté ! s'é-
cria le Prince tranfporté de
rage, je ne crois pas que cela
arrive jamais. Bon ! dit le Roi,
vous vous allarmez toûjours :
Voilà comme vous êtiez avant
que de partir, cependant, que
vous eft-il arrivé ? Sçavez-vous
quelle fera la volonté du Génie ? D'ailleurs, quand elle feroit ce que vous imaginez, ne
vaut-il pas mieux s'y foumet-
tre que de voir Néadarné,
refter toûjours ce qu'elle eft ?
Non, il ne le vaut pas mieux,
dit le Prince, & j'aime mieux
une fois pour toutes, que Néa-

darné me foit inutile à jamais,
que de paffer entre les bras
d'un autre : Fauffe délicateffe,
reprit Saugrénutio , car au
fonds cela ne revient-il pas au
même. Pour un mal d'opi-
nion, vous vous privez d'un
bonheur réel. Oh ventre Singe ! s'écria Tanzaï , mêlez-
vous de vos affaires, fi l'on en-
voïoit la Prêtreffe, votre con-
cubine feulement , où l'on envoie ma femme, vous feriez,
peut-être auffi fâché que moi.
Laiffez-le crier, dit le Roi, &
inftruifez-moi. Qu'eft-ce que
ce mange-Taupes ? Je ne crois

pas de ma vie en avoir entendu parler. C'eſt, répondit Saugrénutio, un Génie puiſſant,
proche parent de Concombre;
ſans doute il aura épouſé ſa
querelle; il eſt d'un tempéra-
ment fort amoureux, & l'Iſle
Jonquille où il fait ſa demeu-
re ordinaire, n'eſt qu'un Ser-
rail compoſé des plus belles
perſonnes de l'univers: Toutes
celles qui ont affaire à lui, ſont
obligées de paſſer une nuit au
moins dans ſon Palais, on ne
ſçait, à vrai dire, ce qu'elles y
font, mais, s'il en faut croire
toutes les femmes qui en ſont
revenües,

revenües, c'est le Génie du
monde le plus respectueux :
Votre Majesté sent bien ce
qu'on en peut croire ; cependant les maris ont le plaisir de
rester toûjours dans le doute :
En pareil cas, c'est une res-
source. Il est vrai interrompît
Tanzaï, qu'elle est satisfai-
sante, mais je vous jure que je
n'en aurai pas besoin. Il se
peut bien, reprit Saugrénutio,
& il y a un moïen presque sûr
de le calmer ; plus on lui ap-
porte de Taupes, plus il est
indulgent, il y après de dix
ans que la fantaisie d'en man-

C

ger lui eſt venüe, c'eſt aujour-
d'hui la ſeule choſe dont il
faſſe cas. Nous aurons heureu-
ſement dequoi le ſatisfaire,
dit le Roi, & cela me fera
plaiſir auſſi ; mes jardins ſont
déſolez par les Taupes,
& le Roïaume a le bonheur
d'en produire prodigieuſe-
ment. Je vais dès ce jour, faire
publier une ordonnance par
laquelle il ſera enjoint à chacun de mes Sujets, d'en apporter au moins dix : Mais, par
où va-t'on à cette Iſle Jonquille ? par la route que ſon Al-
teſſe a priſe, continua Saugré-

nutio, pourvû qu'après la Forêt, il ait foin de prendre à
gauche.

Tout ceci, interrompît
Tanzaï, eft fort inutile, Néadarné ne fortira pas du Roïaume, & ce n'eft point pour la
voir maîtreffe de Mange-Taupes que je l'ai époufée. Répu-
diez-la donc, reprit le Roi,
puifqu'auffi bien nos Loix
vous y contraindroient fi la
Princeffe au bout d'un an,
ne donnoit pas un héritier au
Roïaume. Cette derniere raifon fît taire le Prince, il fe
rendit enfin : L'on refolût d.

ne découvrir à perſonne le ſujet du voïage, & de ne diffe-
rer le départ qu'autant de tems
qu'il faudroit pour emporter
toutes les Taupes du Païs. Ne
craignez rien , dit Saugrénutio au Prince, le Singe vient
de vous tendre la main, & je
ſuis certain après ce ſigne, que
le voïage ſera heureux, & qu'il
n'arrivera rien à la Princeſſe.
Il a une averſion naturelle
pour les gens deſtinez à l'aſ-
front que vous craignez, ou
pour ceux qui l'ont eſſuïé. Il
vient pourtant, dit le Prince,
de vous en faire autant qu'à

moi; je crois que ce figne ne
veut rien dire; mais, fortons
de ce Temple, & retournons
auprès de Néadarné, lui annoncer le voïage. Tanzaï, &
fon pere de retour au Palais,
trouvérent Néadarné fort inquiéte; elle le fût bien plus,
quand le Prince lui ap-
prît l'Oracle, & le projet du
voïage. Il eft inutile, dit-elle
à fon époux, que nous quit-
tions ce Palais, je ferois dans
l'Ifle Jonquille comme ici :
Moi! entre les bras d'un autre
que vous, ne le croïez pas, je
refterois plûtôt toute ma vie

comme je fuis, que de regarder feulement ce Génie. Eh !
nous ne doutons pas de votre
vertu, dit le Roi ; ne pleurez
point, Saugrénutio affûre qu'il
ne vous arrivera rien. En un
mot, dit le Prince, il le faut,
un preffentiment femble me
dire que nous ferons tous deux
contents. Ordonnez, je vous
en conjure, dit-il à fon Pere,
les apprêts de notre départ, je
vous demande pardon, mais
j'ai l'efprit fi peu tranquille,
que je ne puis me charger de
ce foin. Le Roi partit, & laiffa
Tanzaï effaïer inutilement,

s'il ne suffiroit pas pour empêcher la Princesse de voïager.

CHAPITRE III.

*Qu'il faut bien se garder de pas-
ser, tout impatientant qu'il est.*

LE Prince, voïant enfin
que toutes ses tentatives
étoient inutiles, sortît de Chéchian avec Néadarné; l'un &
l'autre traînant à leur suite,
vingt Chariots au moins chargés de Taupes: Ni l'un, ni
l'autre n'avoit l'esprit tranqui-
le. Tanzaï qui adoroit Néa-

C iiij

darné, ne fupportoit qu'avec
une douleur extrême, l'idée de
la voir entre les bras d'un autre, & Néadarné qui n'avoit
pas pour le Prince, des fentimens moins vifs, ne pouvoit
imaginer qu'elle ne devroit
fon changement qu'à une chofe, dont fon amour, & fa délicateffe, lui faifoient une image affreufe. Ils avoient déja
fait plufieurs journées que
leurs careffes avoient abrégées,
lorfqu'ils parvinrent dans une
Prairie fi variée par les fleurs
dont elle étoit émaillée, que
la Princeffe fatiguée de fa mar-

che, y fit tendre fes pavillons, fur les bords d'un ruiffeau qui en embelliffant ces lieux, y répandoit une fraîcheur enchantée. Bientôt le murmure de ce ruiffeau, endormît les deux amants, qui n'avoient rien de mieux à faire. Après que Tanzaï fe fût repofé quelques heures fur le fein de Néadarné, voïant qu'elle dormoit encore, il alla fe promener au tour de ce même ruiffeau qui formoit des méandres infinis : & il étoit occupé à fe plaindre en lui-même de la bizarrerie de fon fort, lorfqu'une Taupe

qui fortît brufquement de def-
fous terre, interrompît fa rê-
verie. Dans l'idée où il étoit
que plus il porteroit de Taupes au Génie, plus il auroit
d'égards pour Néadarné, on
peut croire qu'il n'épargna
rien pour fe faifir de celle que
le hazard lui offroit. A peine
l'eut-il prife qu'il lui trouva
une peau fi douce, tant de graces, de fi beaux yeux ! chofe fi
rare aux Taupes, qu'il n'y avoit
peut-être dans l'Univers que
celle-la qui en eût, que mû de
compaffion, il voulût d'abord
lui rendre la liberté, puis, par

un fentiment plus délicat, il
aima mieux qu'elle dût cet
avantage à Néadarné : il l'a
porta donc au Pavillon. Néadarné qui venoit de s'éveiller,
alloit chercher le Prince dans
la prairie, lorfqu'il parût avec
fa prife. Voïez, charme de ma
vie, lui dit-il, le joli animal
que je viens de prendre, affurément, ce n'eft pas là une
Taupe ordinaire. Ah qu'elle
eft belle ! s'écria Néadarné :
Quoi voudriez-vous la livrer
au Génie ? Son fort dépend de
vous, reprit-il, & je foufcrirai
à tout ce que vous en ordonne-
rez.

Je la garderai donc, dit
Néadarné : Qu'elle est belle !
ajouta-t'elle, voïant qu'elle la
careſſoit, je veux qu'elle reſte
avec nous, j'en aurai ſoin moi-
même ; je ſuis peut-être la ſeule femme au monde, qui ait
une Taupe ſi merveilleuſe ; la
mienne ne me quittera jamais.
Les femmes ſe prennent ſouvent de paſſions violentes, ſans
trop ſçavoir pourquoi, & communément, plus les objets qui
les frappent ſont ridicules,
plus elles s'y attachent avec fureur ; c'eſt ce qui ne manqua
pas d'arriver à Néadarné qui

se prît pour sa Taupe d'un
amour si vif, que si un quart
d'heure après, il l'avoit fallu
sacrifier au Prince, peut-être
qu'elle auroit balancé? On ne
doit point pour cela , avoir
mauvaise opinion de Néadarné: on avance, sans doute,
ceci témérairement , les femmes Chéchianiennes ne res-
semblent peut-être pas en fan-
taisies , à celles du reste du
monde. La Princesse, éprise
de sa Taupe , lui fît mettre
un colier , & la tînt en lesse
tant qu'elle se promena dans
la prairie , sans que cet ani-

mal témoignât jamais aucune
envie de fe remettre en liberté.
Elle la porta elle-même dans
fon Palanquin, lorfqu'il fallût y remonter, & gronda
Tanzaï jufques à fe faire une
querelle affez vive, de ce qu'il
ne la careffoit pas affez. Après
quelques jours d'une marche
qui ne fût interrompuë par
aucun événement, on découvrît la Forêt. Tanzaï qui la
reconnût pour celle où il avoit
rencontré la Fée au Chau-
dron, ne pût s'empêcher de
foupirer en fongeant à l'avanture funefte dont cette rencon-

tre avoit été fuivie. Auffi-tôt,
& fuivant le Confeil de Saugrénutio, il fît prendre à gauche; il fe fentoit le cœur dans
ce ferrement cruel qui nous fai-
fît à l'approche d'un malheur.
C'eft donc bien-tôt, dit-il à
à Néadarné en foûpirant, que
je vais vous quitter ? C'eft donc
moi, qui vous aimant éperdûment, vous remet prefque entre les bras d'un autre ? Un
fort cruel m'y contraint ; ah !
la néceffité de mourir me feroit moins affreufe. Néadarné!
vous m'oublierez, vous ferez
la proïe des defirs d'un Gé-

nie qui, tout affreux qu'il eſt
ſans doute, vous plaira peut-
être plus que moi.

Eh bien, Prince, lui dit
Néadarné, retournons ſur
nos pas. Vous ſçavez avec
quel regret j'obéïs : vous m'aſ-
ſurez que vous m'aimerez toûjours, contente de cette pro-
meſſe, ſûre de poſſéder votre
cœur, qu'aurois-je à deſirer ?
Le bonheur de votre vie dépendoit, diſiez-vous, de mon
changement de forme, je me
ſuis ſoumiſe, pour vous plaire,
à tout ce qui pouvoit m'en arriver. J'ai fait taire mes répugnances,

gnances, tout ce que me fug-
géroit ma vertu, tout ce que
m'infpiroit mon amour. Eh
que m'importe? Hélas! fi votre paffion pour moi ne dimi-
nüe pas, de refter comme je
fuis: vous fçavez à quel point
je vous aime, & loin de compter fur ma fidélité, vous ofez
imaginer que celui que vous
me contraignez de recher-
cher, pourra me plaire. Fût-il,
ce qui ne fçauroit être, fût il
ce que vous êtes, mon cœur
gémiffant avec lui, ne penfe-
roit encore qu'à vous. J'igno-
re fi ces plaifirs que vous van-

tez, font auſſi vifs que vous
le dites, mais quoiqu'il en ſoit,
je crois qu'ils ne peuvent tenir
que de l'amour ce charme
que vous leur attribuez. Je ſens
que vous me faites naître des
deſirs, mais vous ſeul donnez
à mon ame ces mouvemens
impétueux. Ce Genie, dont
l'idée vous afflige, & me tour-
mente, me fit-il éprouver cette volupté dont vous m'avez
parlé tant de fois, que vous
dites que je n'ai ſentie qu'im-
parfaitement entre vos bras,
au milieu de ce deſordre, n'é-
tant plus à moi, je ſerois en-

core à vous. Ah ! voilà préci-
fement , s'écria Tanzaï , ce
Quiétifme affreux que je
crains ! Voilà ces diftinctions
cruelles que l'efprit fait, & que
le cœur ne fent pas ! Auffi heureufe avec ce Génie, qu'avec
moi, il ne vous manqueroit
qu'une idée de volupté qui
même ne vous occuperoit
qu'après, & tout ce que votre
amour me donneroit , feroit
d'imaginer que , peut-être, je
vous aurois fait plus de plaifir.
Soit, répondit Néadarné en
colere, mais que je ceffe de
vous aimer, fi je vais trouver

D ij

le Génie. Pour vous, rompez
un Hymen qui vous devient
odieux, Néadarné vous aime
aſſez pour conſentir aux dé-
pends même de ſa vie à ce que
votre indifférence pour elle
peut vous ſuggérer. Le Prince
répondît bruſquement à ce
reproche, la Princeſſe s'offen-
ſa de ſa réponſe, & l'aigreur
alloit ſe mettre entr'eux, lorſque la Taupe qu'on n'auroit
jamais ſoupçonnée de ſçavoir
parler, impatientée de cette
ridicule querelle, ne pût s'empêcher de dire, en hauſſant
les épaules, par la jernie ! que

les amans font fots! ah Ciel ?
s'écriérent-ils tous deux. Ah !
continua la Princeffe, ma
Taupe parle.

Je fuis bien trompé, dit
Tanzaï, fi ce n'eft encore la
maudite Concombre qui me
pourfuit : Avez-vous entendu
comme elle a juré? Pour le
coup, je l'étrangle, puifqu'enfin je fuis à même. Arrêtez,
Prince généreux ! s'écria la
Taupe, ne me confondez pas
avec votre plus cruelle enne-
mie, ne me tuez pas, vous aurez befoin de moi. Repos de
mes jours! épargnez-la, s'é-

cria la Princeſſe. Quelle ſim-
plicité ! repondit-il en tâchant
de l'étouffer, ne voïez vous
pas que c'eſt Concombre ? Eh
non ! je ne ſuis pas elle, crioit
la Taupe, je ſuis la Fée Mouſtache, Couſine - germaine,
& amie de Barbacela. Prenez
garde à ce que vous allez faire.
Dans le fonds, dît le Prince
en ſe calmant, elle peut avoir
raiſon, mais par quelle avanture êtes vous Taupe ? C'eſt
ce que vous ſçaurez bien-tôt,
reprit Mouſtache ; mais, avez-
vous le tems de m'écouter ? Je
crains mortellement, d'être

d'une longueur inoüie. Qu'importe, dit le Prince, nous n'a-
vons rien de mieux à faire.
Alors, la Taupe commença
son histoire ainsi qu'on le verra dans le Chapitre suivant.

CHAPITRE IV.

Qui ne sera peut-être pas enten-
du de tout le monde.

J'Ai pour Aïeul le grand Génie Chou-Macha : Quant
à mon Pere, je ne l'ai jamais
bien connu : la Fée Chingara
ma Mere, n'a jamais voulu le

déclarer, soit qu'elle n'en fût pas bien sûre, soit que le choix qu'elle avoit fait, ne lui fît point honneur : Car ce n'est pas toûjours pour se donner un air de réserve que les femmes n'avoüent pas leurs avantures, il semble que quand la vanité est flattée de la condition d'un amant, la vertu y perde moins. L'on espéra beaucoup de moi dans mon enfance ! que je vous en raconte quelques traits, je n'avois pas encore quatre ans . . . Ne pourriez-vous pas, interrompît Tanzaï, prendre l'Histoire d'un

d'un peu plus haut? Eh bien,
vous étiez fort jolie sans doute,
en votre enfance; mais, paf-
fons au tems où vos agrémens
vous fûrent de quelque chofe.
Volontiers, dit la Taupe. On
me nomma Mouftache, parce
que dans ma figure naturelle,
j'en ai une fort longue du côté
gauche. Barbacela, ma proche parente, & ma Marraine,
voulût abfolument m'élever,
& Chingara, y confentît d'autant plus volontiers, qu'outre
qu'elle connoiffoit ma Marraine en état de me donner
une bonne éducation, elle n'é-

II. P. E

toit pas fâchée qu'on ne vît
pas fi près d'elle une fille qui,
dans la fuite, pourroit effacer
fes agrémens.

Barbacela me porta dans
l'Ifle Babiole, dont elle eft
Souveraine; c'eft fans contre-
dit, le Païs du monde le moins
nébuleux; les hommes ne s'y
occupent que de Ponpons, &
de Madrigaux. Les femmes
n'y ont d'autre foin que celui
de plaire, & s'il arrivoit qu'u-
ne d'elles, pourfuivie par un
amant, fût affez diftraite fur
les bienféances du Païs pour
prononcer feulement le mot

de vertu, elle feroit bannie
pour un an, de toute fociété.
Je ne prétends pas dire que
l'on fe convienne d'abord ; la
réfiftance dure au moins deux
jours, & nous n'avons gueres
vû de femmes fe rendre aupa-
ravant : cela n'eft pourtant pas
fans éxemple à la Cour. Ces
mœurs vous paroiffent fingu-
lieres, & vous avez tort. Qu'u-
ne femme, de celles qu'on
nomme parmi vous, vertueufes, vous faffe attendre un
mois, ce terme eft long. Eh
bien? à la fin de votre martyre, que vous donne-t'elle que

ce qu'une autre, moins en-
goüée de décence, vous donne d'abord ? Car, voïez-vous,
cela revient au même, le tendre eſt effectif dans le fonds:
Au milieu des rebuts étudiez
d'une femme, on a toûjours
ſa défaite en perſpective; qu'elle ſe précipite, ou qu'elle at-
tende, elle arrive enfin ; mais
l'imagination a trop été au-devant d'elle, on a beau tirer le
deſir par la manche, on a peine à l'éveiller, & s'il arrive
qu'il s'éveille, le plaiſir à qui
il fait ſigne de trop loin, ou
ne vient pas à tems, ou ne ſe

foucie plus de venir. La vertu
n'eft qu'une Baliverniere qui
cherche toûjours à vous faire
perdre du tems, & quand elle
croit avoir mis l'amour de-
hors.... recommencez un peu
ce que vous venez de dire,
interrompît Tanzaï, que je
meure ! fi j'en ai entendu une
fyllabe. Quelle langue parlez-
vous là ? Celle de l'Ifle Babiole, reprit la Taupe. Si vous
pouviez me parler la mienne,
vous me feriez plaifir, repliqua-t'il, & comment faites-
vous pour vous entendre ? Je
me devine, reprit la Taupe,

E iij

mais laiffez-moi continüer, je
ne fçais plus où j'en fuis. Où
la vertu Baliverne, dit Néadarné. Eh non! dit Mouftache, ce n'étoit qu'une réfléxion. Je ne fçais donc plus ,
dit Néadarné, ce que c'étoit
que l'Hiftoire, ah! vous en
êtiez à ces femmes qui fe ren-
dent d'abord. Ma Marraine,
reprit la Taupe , m'élevoit
dans les mœurs du Païs, & je
commençois déja à fçavoir ce
que c'étoit que mon vifage
lorfque je fortis de l'enfance.
Avant un certain âge, on fe
voit fans s'appercevoir , on

n'étudie pas ses agrémens, on
ne fçait pas ce qu'ils valent,
on les a loin de foi, le feul defir de les éprouver les dévelop-
pe à nos regards ; on commence alors à s'imaginer. Sans les
hommes, une femme feroit
belle fans le fçavoir, fans s'en
douter, & rien de plus. Je me
voïois convenablement pour
moi-même, lorfque le Génie
Jonquille arriva dans notre
Ifle. J'étoïs vive, agaçante,
& ma beauté étoit, pour ainfi
dire, tappée de coquetterie. Il
prît pour moi la paffion la plus
vive, mais le Prince des Cor-

E iiij.

morans qui étoit arrivé une
demie heure avant lui, m'a-
voit vûe, regardée, émûë.
En fait d'amour, on dépend
d'une seconde. Le Génie ne
sçut pas qu'il étoit venu trop
tard, je m'apperçus à regret
de sa passion, & cette décou-
verte m'obligea à cacher la
mienne. Comme on ignoroit
mon amour pour Cormoran,
on fût surpris de l'indifférence
que je montrois au Génie ; ce
fût en vain qu'il mît en œuvre
ses agrémens, & ses soupirs ;
toute la justice que je lui ren-
dois, n'alloit qu'à l'estime, &

c'eſt un ſentiment trop peu diſtingué pour quelqu'un qui s'eſt flatté d'en inſpirer de plus vifs.

Les Fêtes les plus brillantes, les préſents les plus magnifiques, les ſoins les plus ſoumis, le reſpect le plus timide, étoient les ſeules armes dont il ſe ſervît pour vaincre ma rigueur. Je diſſimulai long-tems avec lui. Je ſçavois que mon amant avoit tout à craindre de la colere de Jonquille, s'il pouvoit le ſoupçonner d'être ſon rival : Je me contentois donc de le voir en ſecret, & de lui fa-

crifier les vœux, & les préfens
du Génie. J'ai fçu, depuis,
que cette coutume n'eft pas
nouvelle, & que ce qu'on
tient de l'amant riche, fert à
achetter celui dont on a l'imagination bleffée. Je craignois
d'autant plus que le Génie ne
foupçonnât Cormoran, qu'il
n'y avoit que lui dans notre
Cour, digne d'attirer mes regards. C'étoit le plus beau
danfeur du monde, perfonne
ne faifoit la révérence de meil-
leure grace, il devinoit toutes
les énigmes, joüoit bien tous
les jeux, tant de force, que

d'adreſſe, depuis le Trou-Ma-
dame, juſques au Balon. Sa
figure étoit charmante, & em-
paquetée, ſi l'on peut le dire,
dans les agrémens les plus rares; il ſçavoit accompagner
de toutes ſortes d'inſtrumens,
une voix charmante qu'il
avoit. Joüoit-il bien de la Vielle? Demanda bruſquement
Tanzaï. C'étoit, reprit la
Taupe, un de ſes inſtrumens
favoris. Tant mieux, dit-il,
il n'y en a point de ſi merveil-
leux, mais, continüez votre
Hiſtoire, je prends actuellement beaucoup de part à votre

Prince. Outre les talens que je viens de nombrer, continua-t'elle, il faisoit joliment des vers. Sa conversation enjoüée, & sérieuse, satisfaisoit également par ses graces, & sa solidité. Austére avec la Prude, libre avec la Coquette, mélancolique avec la tendre, il n'y avoit pas une Dame à la Cour dont il ne fît les délices, & pas un homme, dont il ne créat la jalousie. La supériorité de son esprit ne le rendoit pas insociable; complaisant avec finesse, il sçavoit se plier à tout; il possédoit

mieux que perſonne, ce langage brillant de notre Iſle : il
n'y avoit perſonne qui ne fût
comblé de l'entendre, & quoique cet être farouche intitulé
le bon ſens, n'agît pas toûjours civilement avec ce qu'il
diſoit, l'élégance inſoutena-
ble de ſes diſcours, faiſoit qu'il
n'y perdoit rien, ou que le
bon ſens, caché derriére une
multitude miraculeuſe de mots
placez au mieux, auroit paru
d'une inſipidité affadiſſante à
ſes Sectateurs les plus abſur-
des, s'il eut été vêtu moins légérement. En effet, la raiſon

eſt vulgaire, elle paroît toûjours ce qu'elle eſt, elle craint
de ſe noïer dans l'enjoüement,
& ne manque pas de faire un
ſault en arriére, quand une
idée finguliérement tournée
ſe préſente, ou qu'une imagination lumineuſe ſe place
commodément dans le cœur.
Après cela, ſi elle triomphe,
c'eſt d'une façon ſi inſultante
pour l'humanité, l'amour pro-
pre le mieux élevé, y trouve
tant de décri, y perd tant de
ſes graces, prend ſi mauvaiſe
opinion de lui-même, qu'il
faudroit qu'il fût bien ridicu-

le, pour ne lui pas rompre en
vifiére. L'efprit, eft d'un caractére plus fociable, la dignité de fes maniéres, fait fentir que fon éducation a été
fouftraite aux préjugez : Ce
qu'il penfe eft à lui, ne tient
à rien, s'ifole de lui-même;
il s'éléve, fans prendre de fe-
couffe: Ce que la réfléxion
produit, s'appéfantir fous le
travail qu'elle caufe; ce que
l'imagination enfante, eft au-
dacieux; l'une abforbe par fa
gravité, l'autre reveille par fa
pétulance. On voit long-tems
la prémiere fur la route, l'au-

tre, se présente inopinément.
La réfléxion réprime, sa jus-
tesse n'est qu'indigence, prétexte de l'esprit foible qu'elle
anéantir, à mesure qu'elle le
flatte. L'esprit indépendant
de tout, fait ses opérations
sans calcul ; son effet, toûjours
séduisant, plus prompt que
l'éclair, brille, étonne, é-
bloüit, il prend toutes les formes qu'on veut ; toûjours noble, son auguste, même dans
le badin, parle en faveur de
sa naissance, & la raison toû-
jurs Bourgeoise auprès de lui,
silentieuse par sécheresse, suc-
combe

combe malgré elle en augmentant par ſa mauvaiſe humeur le triomphe de ſon rival. Vrai Singe ! s'écria le Prince. Ah ! dit Néadarné pénétrée de plaiſir, ah ! que cela eſt beau. Sans notre Taupe, nous nous ſerions ennuïez à périr. Je ſuis charmée, reprit Mouſtache , que mes idées ne ſe perdent pas auprès de vous , je me ſuis bien doutée que votre goût n'étoit rien moins que puerile. Mais peut-on , dit Néadarné, apprendre ſans peine ce langage ; n'ôte-t'il rien à l'indolence du repos? Pour moi ,

II. P.   F

reprit Tanzaï , je crois que non , & j'imagine qu'avec les difpofitions que je vous vois , & les leçons que Mouſtache vous donnera , vous parlerez bientôt auſſi ſuperficiellement qu'elle-même. Mais , quelle miſére ! ajoûta-t'il , de ſe ſervir de ce mauſſade Jargon. Vous reſtez, deux heures , ſur la raiſon , & ſur l'eſprit , pour ne me donner ni de l'un , ni de l'autre. Si vous continuez votre Hiſtoire ſur ce ton-là , je ne réponds pas que je l'entende patiemment. Laiſſez le dire , interrompit Néadarné ,

au vrai, c'est au mieux, vous
parlez, de tout point comme
un charme. Le Prince, hauſſa
les épaules, & Mouſtache,
reprit ainſi ſon récit.

CHAPITRE V.

Comme le précédent.

VOus conviendrez aiſé-
ment, je crois, après ce
que je viens de vous dire de
Cormoran, que mon goût
pour lui, étoit juſtifié ; un ſeul
de ſes regards auroit ſuffi pour
tourner la tête à la femme la

moins fufceptible, ainfi, il n'eft pas furprenant que fon mérite ait fait fur moi, une fi vive impreffion. Tant de paffions ne font fondées que fur le caprice, que je fuis bien-aife de vous faire voir que la mienne ne s'étoit pas détermi-née fur rien. La premiére fois que je le vis, (& l'amour ne peut naître que du premier moment) qui ne l'auroit aimé! il étoit au Cercle chez Barba-cela: Les hommes les plus ga-lans de la Cour, étoient con-fultés par nos Dames fur le choix des ajuftemens, fur les

modes , & la difficulté d'en
imaginer de nouvelles; c'étoit,
comme vous voïez , une matiére importante; chacun s'ef-
fòrçoit de briller , le Prince
qui venoit d'arriver à la Cour,
résolût avec tant de solidité,
les cas difficiles qui se présen-
térent , inventa des modes si
jolies, qu'il n'y eut personne
qui n'admirât sa sagesse , &
son imagination. Pour moi,
j'en fus frappée *incognito* jusques au fonds du cœur : Une
attention particuliére qu'il parût faire à ma personne, fixa
le penchant que je me sentois

déja pour lui, & je m'aidai ſi
bien de mes réfléxions, que
quand le ſoir je le quittai, ma
paſſion ne pouvoit plus augmenter. L'agrément de ſon
eſprit qui ſe développa dans
la liberté du repas, acheva ma
défaite ; quelque choſe d'o-
bligeant qu'il me dît ſur ma
beauté, & le ſilence qu'il gar-
da avec toutes les autres, me
convainquirent que ſon cœur
n'étoit plus tranquille : Car,
cela s'apperçoit aiſément, l'a-
mour eſt un ſentiment qui dé-
range l'ame, & qui pour s'y
mettre à ſon aiſe s'empare de

toutes ſes fonctions, & ne les
laiſſe agir qu'à ſon profit. Mon
cœur qui ſembla, au premier
coup d'œil, s'entendre avec le
ſien, abjura toutes ſes bien-
ſéances, & par une étourde-
rie inconvenable, marcha ſur
le ventre à toutes les idées de
raiſon qui auroient pû le con-
tredire. Nous nous rencontrâ-
mes à ſoupirer enſemble, & ſi
nous étions reſtez plus long-
tems l'un avec l'autre ce ſoir-
là, nos deſirs ſe feroient cou-
chez moins enfans qu'ils ne firent. Je ne ſçais pas ce qu'il fît
de ſa nuit, pour moi, le ſom-

meil voulût en vain s'emparer
de mes sens, quelques conseils
qu'il me donnât, j'aimai
mieux en croire l'amour, qui,
tous neuf dans mon cœur,
l'occupoit plus agréablement
que n'auroit fait sans doute le
songe le plus aimable. Qu'est-
ce en effet que le sommeil
quand on aime ? Quelques
douceurs qu'il vous apprête,
vaut-il le desordre raisonné
de votre imagination ? Sur-
tout, quand sûr d'être aimé,
l'espérance flatteuse arrange
vos objets comme vous pourriez les souhaiter. L'on n'a
dans

dans un songe que des idées
indistinctes, heureuses quelquefois, mais souvent contrai-
res à leur source. Quand on
pense soi-même à ce qu'on aime, on lui fixe son emploi,
on le porte où l'on veut, & la
passion qui le détermine, sçait
toûjours le faire amusant. A
peine étois-je levée, que Cormoran entra dans mon Appartement, j'étois alors dans un
Cabinet reculé. Il osa troubler
ma retraite; le trouble, & les
desirs, qui étoient peints dans
ses yeux, son serieux timide,
me prouvérent que j'étois ai-

II. P.   G

mée. Je l'avoüerai, je n'eus pas
la force de lui rendre fa conquête douloureufe, & d'ailleurs, mon rang m'obligeoit
à faire les avances. Un coup
d'œil favorable le raffura donc,
& fans y trop interreffer ma
vertu; car, voilà à quoi fert
l'ufage du monde : Sans paroître le fouhaiter, je l'amenai
au point de me faire fa déclaration. Je ne me fouviens pas
à préfent de quelle maniére il
la tourna, mais elle fût intel-
ligible au point qu'il ne tînt
qu'à moi de faire femblant de
m'en fâcher. Il ne me conve-

noit pas d'y répondre tout d'un
coup, mais auffi, ne voulant
pas le défefperer, je lui fer-
rai la main, gefte indifférent
dans le fonds, & fur lequel on
peut toûjours s'excufer quand
il ne réüffit pas. Je ne voulûs
pas, quoique fûre qu'il m'aimoit, en hazarder davantage.
Les premieres avances doivent
être modérées : Pour peu qu'un
amant ait d'efprit, il les en-
tend, quitte à les pouffer fans
ménagement, s'il ne fçait pas
les entendre. Je n'en fus pas à
cette peine-là avec Cormoran,
il fçavoit que toute main qui

ferre, veut un baifer ; il le prît
donc , il rougît du plaifir qu'il
en eut , & je rougis auffi , mais
de ce qu'il ne recommençoit
pas à en prendre. Je jettai fur
lui un regard qui me fatigua
étrangement ; il mouroit d'envie d'être tendre , je n'étois pas
fâchée qu'il le fut ; cependant
il ne devoit pas le paroître : je
fis en forte qu'il ne fût qu'interdit , qu'il n'exprimât que la
colere où j'aurois dû être ,
mais je n'y réüffis pas , & l'a-
mour qui le guidoit , le fît
comme pour lui même , avant
que j'euffe fongé feulement à

en corriger l'expreſſion. Si j'a-
vois eû affaire à quelqu'un de
moins pénétrant, j'aurois pû
m'en ſauver, mais ce traître
de Cormoran le prit pour bon,
pour ce qu'il étoit, pour ce
que je ne le vôïois pas. Pour
m'en remercier, il baiſa encore ma main que je n'avois pas
ſongé à retirer d'entre les ſiennes ; il étoit émû, je commençois à raiſonner, moins qu'à
ſentir, il étoit à mes genoux,
c'eſt une attitude qui frappe
toûjours, & qui n'eſt point du
tout indifférente ; ſi elle prou-
ve du reſpect, elle met en mê-

me-tems à portée d'en manquer.

Je me baiſſai, uniquement
pour engager Cormoran à ſe
relever, il ſaiſît ce moment
pour me ſurprendre un baiſer
qui me pénétra : c'étoit le premier de ma vie, tous mes ſens
ſe troublerent, ma tête malgré moi reſta panchée ſur la
ſienne, j'ai éprouvé depuis la
même volupté, elle m'a toûjours été chere, mais elle ne
m'a jamais été ſi ſenſible. Je
ne ſçais ce qu'en ce moment
Cormoran faiſoit de lui-même, je crois que s'il avoit été

moins égaré, j'étois perdüe.
Lorſque je revîns de mon trouble, le Prince étoit encore
dans le ſien, ſes yeux étoient
chargés d'une tendre lan-
gueur, ſes ſoûpirs étoient in-
terrompûs, ſon cœur preſſé
ne les lui fourniſſoit qu'avec
peine. Quel bonheur, qu'a-
lors il ne pût rien entreprendre! l'inſtant de ſa déclaration
auroit été celui de ſon bonheur, c'étoit une choſe d'uſage à la Cour, mais je ne vou-
lus pas m'y ſoumettre. Je con-
noiſſois aſſez les hommes pour
ſçavoir qu'ils attribüent une

G iiij

conquête trop prompte, moins
à l'amour qu'on a pour eux,
qu'à l'habitude de se rendre;
qu'ils aiment mieux mortifier
leur vanité, que de ne pas humilier la notre, & cette raison
me retînt, où la pudeur ne l'auroit sçu faire. Ah Prince! dis-
je à Cormoran, laissez-moi,
ne seroit-ce pas à vous à me
deffendre de ma foiblesse?
N'augmentez pas l'inutilité de
ma raison, revenez à vous,
rendez-moi à moi-même; je
vous aime, helas! vous n'en
pouvez pas douter, les preuves de ma tendresse en ont des

vancé l'aveu. Qu'il m'eſt doux
de ne vous avoir pas tout donné, & de ſonger que mon
amour a encore mille préſens
à vous faire ! joüiſſons du plaiſir de nous adorer, abandon-
nons nous-y , que nos jours
s'écoulent dans notre ardeur ,
qu'ils ne renaiſſent que pour
nous y retrouver ; que le préſent en nous rappellant le paſſé
nous encourage à nous aimer
ſans ceſſe, & puiſſions-nous ,
dans l'avenir, n'enviſager encore que le bonheur qui nous
pénétre aujourd'hui ! heureux
d'être tous deux immortels !

plus heureux, de rendre notre amour auſſi éternel que
notre éxiſtence? Ah! divine
Fée, s'écria Cormoran, je ne
puis plus ſuffire à mes tranſports, vos bontez me confon-
dent : ne pouvoir vous en exprimer ma reconnoiſſance,
n'eſt-ce pas vous prouver combien elles me pénétrent? Mais,
vous ne concevez pas encore
vous-même, à quel point elles
me ſont précieuſes. Content
de vous adorer, quand même
vous m'auriez accablé de rigueurs, jugez, s'il ſe peut,
de mes tranſports quand je

vous vois partager ma flamme. Heureux de vivre pour
vous adorer, pour vous con-
facrer tous les momens de ma
vie! mais malheureux de ne
pouvoir mourir, fi jamais vous
changez pour moi. Cepen-
dant Jonquille vous aime ;
quel rival! & fi je n'ai pas à
redouter votre inconftance,
que ne dois-je pas craindre de
fon pouvoir, & peut-être de
fes agrémens? Je l'avoüerai,
lui dis-je, il s'eft déclaré pour
moi, mais je n'aurai pas long-
tems à contraindre ma tendreffe, & à fupporter la fienne.

J'emploïerai tant de soins à le
rebuter, & à vous rendre heureux, qu'il gémîra de douleur,
autant que vous foupirerez de
plaifir. Une paſſion qui n'a
plus d'eſpoir, s'irrite d'abord,
mais s'attiédit. Ennuïé du peu
de fuccès de fes foins, bientôt,
croïez-moi, fa fierté lui fera
porter à une autre, des vœux
qu'il verra mépriſez ; Mais,
contraignons-nous ; tout Génie que vous êtes, vous fçavez
combien fa puiſſance eſt au-
deſſus de la votre ; ne pouvant
trancher vos jours, du moins
il les rendroit malheureux,

sans doute, nous ne nous ver-
rions plus. Ah ! je ne puis y
penser sans frémir. Contents
de pouvoir, en public, nous
dire par nos yeux que nous
nous aimons, reservons-en les
preuves pour des lieux dont
nous serons sûrs ; Mais, sortez
d'ici, je craindrois, qu'on ne
nous y surprît, & qu'on ne
devinât la cause de l'embarras
où nous sommes tous deux ;
dans une Cour où l'amour fait
la principale affaire des Cour-
tisans, il ne seroit pas équivoque. Le Prince, qui craignoit
que cette passion violente que

je lui marquois, ne fût qu'un
caprice, auroit bien voulu,
avant de fortir, que des faveurs plus marquées réalifaf-
fent fon bonheur, mais ce n'é-
toit pas mon intention de porter fi loin ma foibleffe. J'imagine bien que ce n'étoit pas
par vertu que j'étois fi réfer-
vée ; je ne fçais pas non plus,
fi c'étoit par délicateffe, mais
j'ai peine à croire, fi je n'avois
pas fait fortir Cormoran, que
j'euffe pû refter avec lui où
j'en étois. Ses yeux étoient fi
tendres, & j'étois fi foible !
d'ailleurs, il m'avoit marqué

tant de tranfports pour une
bagatelle, que j'aurois voulu
voir à quel excès auroit été fa
reconnoiffance, fi je lui avois
donné plus de lieu d'éclater.
Il fortît à regret, & je tâchai
de lui cacher que c'étoit à regret auffi que je le laiffois fortir. A peine fûs-je feule que je
me fis des reproches, non de
ce que j'avois fait, mais de l'a-
voir renvoïé fi content. J'aurois été au défefpoir qu'il eut
douté de mon cœur, & je ne
trouvois pas à propos qu'il en
fût fi fûr. Quoique je ne fçûffe
pas bien encore, tout ce que

nous perdons auprès d'un
homme, quand nous avons
fatisfait fes defirs. Je me doutois bien, quelque enflammé
qu'il puiffe être, qu'au moins
il a perdu le plaifir de la cu-
riofité; & je fentois, par moi-
même que ce plaifir tient de la
place dans l'ame, & que pour
le même objet il n'y peut loger
qu'une fois. J'avois réfolu,
malgré ma paffion pour Cormoran, de le laiffer long-tems
defirer, d'être quelquefois douteufe pour lui; mon amour
fouffroit à imaginer cette po-
litique, mais elle me parût fi
nécessaire

néceſſaire, que je ſurmontai
mes répugnances à cet égard.
Quand je le revis dans la journée, mes yeux fûrent plus
müets qu'ils ne l'avoient été
le matin, j'y laiſſai même une
impreſſion de froideur qui le
deſeſpéra ; il eſt vrai que certaine du chagrin que je lui
avois cauſé, un regard tendre,
& plein de feu que j'appuïai
ſur lui, travailla à lui rendre
ſes premiéres eſperances. Je
ſçais que dans le monde, les
hommes appellent ce manége
de la coquetterie, mais pour
qui travaillons-nous, ſi ce n'eſt

II. P.   H

pour eux? Quels charmes ne
trouveroient-ils pas bien-tôt
infipides, fi nous ne prenions
le foin de réveiller leur cœur?
Les aimons - nous toûjours
tendrement ? Sûrs de nous
trouver dans une égalité conftante, ils ne la defirent plus:
Un caprice auquel ils ne s'attendent point, les tire de leur
Léthargie, ils fe voïent avec
défefpoir, fur le point de perdre un bien dont ils ne joüif-
foient plus qu'avec non-cha-
lance. Le mouvement qu'ils
fe donnent pour fe le faire rendre, renouvelle leurs fenti-

mens; ils ne fe fouviennent
plus que nous étions à eux, ils
veulent que nous y foïons. Notre perte prochaine leur fait
feule fentir combien nous leur
étions neceffaires, ils nous en
en aiment davantage, & par
conféquent, nous en devien-
nent plus chers; le cœur y gagne des deux côtez, c'eft un
furcroit de tendreffe qui lui
arrive. Un amant n'a-t'il point
de fantaifies à effuïer, point
de rivaux à craindre, il croit
qu'il n'aime plus, ou du moins,
que ce n'eft plus que par habitude, ou par reconnoiffance.

H ij

N'est-ce pas un service à lui
rendre, que de lui ôter une erreur qui éteint ses plaisirs? L'a-
mant tendre revient, quand
la maîtresse sensible disparoît;
les faveurs qu'il recevoit sans
desirs, redeviennent plus pi-
quantes pour lui, que la premiere fois, dès qu'il a pû imaginer qu'elles lui seroient ra-
vies; il ne conçoit même pas,
comment il a pû les négliger.
Au milieu d'un raccommo-
dement inattendu, quel triomphe pour nous! quel charme
pour lui! de sentir renaître
dans son cœur, un sentiment

qu'il n'y diftinguoit plus. L'a-
mour, n'eft que ce que nous.
le faifons ; fi nous le laiffions.
comme la nature nous le donne, il feroit trop uni ; fans délicateffe, il feroit fans volupté ; nous ne devons ce bien.
qu'à nous-mêmes ; il falloit le
rendre difficile pour le rendre
agréable ; notre empire fur les
hommes dépend de nous, &
quand il nous arrive de le perdre, ce n'eft jamais qu'à notre
peu d'adreffe que nous devons.
nous en prendre ; s'ils nous en
privent, ce n'eft pas leur faute : Hélas ! les pauvres gens

qu'ils font! n'y penferoient
pas d'eux mêmes ; Déterminez
pour l'efclavage , ils ne quit-
tent une chaîne que pour rentrer dans une autre ; ils fentent
qu'ils font faits pour être toûjours dominez : Mais voulons-
nous les fixer ? ne leur offrons
jamais un bonheur parfait ;
comblons leurs defirs , mais ne
les anéantiffons pas , au milieu des plus grandes voluptez
qu'il leur manque quelque
chofe, ne fût-ce même qu'un
foûpir ! le defir ne meurt que
d'être comblé , & c'eft une
maladie qui ne lui arrive , que

quand nous ne voulons pas la
lui épargner. Ah quel enchantement ! s'écria Néadarné. En
honneur ! Taupe, ma mie, dit
Tanzaï, je n'ai de ma vie
rien entendu d'aussi extraordinaire que vous. Les belles réfléxions ! dit encore Néadarné.
Quand il seroit vrai, reprit
Tanzaï, qu'elles fussent aussi
belles que vous le dites, je ne
les en aimerois pas davantage.
Je les trouve longues, & dé-
placées, & je ne sçache rien
de si ridicule que d'avoir de
l'esprit mal-à-propos. Il y a
trois heures au moins, que

Mouftache nous tient en haleine pour une Hiftoire que j'aurois faite en un quart d'heure. Je crois que pour conter agréablement, il faut être naïf. Si, par hazard, un fait fournit une réfléxion, qu'on la faffe, mais qu'elle n'anéantiffe jamais le fonds; qu'elle foit courte, qu'elle ramene l'Auditeur à l'attention qu'il doit avoir pour le narré qu'on lui fait, & que l'on s'épargne, fur tout, cette envie de briller qui contraint l'efprit, & lui ôte le naturel: partie! fi néceffaire à quelque genre que

ce

ce puiſſe être, que ſans elle, je ne trouve point de vraïes beautez. Je ne parle plus à Mouſtache de ſon Jargon, je vois qu'il eſt né avec elle ; mais, à propos dequoi, ce monceau d'idées, toûjours les mêmes, quoique différem- ment exprimées ? Pourquoi, ces choſes dites cent fois, & revêtuës pour réparoître enco- re, d'un goût qui les rend bizar- res, ſans les rendre neuves ? Que me ſert à moi qui ai en- vie d'être promptement au fait de votre Hiſtoire, de ſçavoir toutes les réfléxions que vous

II. P. I

avez faites, après coup, fur
vos avantures? Et, une bonne
fois pour toutes, Taupe, mes
amours, des faits, & point de
verbiage. Vous pouvez avoir
raifon, reprit Mouftache,
mais l'effentiel ne doit pourtant pas être traité comme le
futile. Eh bien! reprit Tanzaï,
elle croit m'avoir répondu.
Eh! mais fans doute, dit la
Princeffe, elle parle bien. Je
ne fçache rien de fi charmant
que de pouvoir parler deux
heures, où d'autres, ne trou-
veroient pas à vous entretenir
pour une minute. Qu'importe

que l'on ſe répéte, ſi l'on peut
donner un air de nouveauté à
ce que l'on a déja dit ? D'ailleurs, cette façon admirable
de s'exprimer que vous traitez
de Jargon, ébloüit, elle donne
à rêver; heureux! qui dans
ſa converſation peut avoir ce
goût galant. Quoi! ne trouver
toûjours que les mêmes termes, ne pas oſer ſéparer les
uns des autres ceux qu'on a
accoutumés de faire marcher
enſemble! Pourquoi ſeroit-il
défendu de faire faire connoiſ-
ſance à des mots qui ne ſe ſont
jamais vûs, ou qui croïent

qu'ils ne se conviendroient
pas: la surprise où ils sont de
se trouver l'un auprès de l'autre n'est-elle pas une chose qui
comble, & s'il arrive qu'avec
cette surprise qui vous amuse,
ils fassent beauté, ou vous
croïez trouver défaut, ne vous
trouvez-vous pas singuliere-
ment étonné? Faut-il qu'un
préjugé…..Par Singe! s'écria
Tanzaï, vous m'étonnez sin-
guliérement vous-même, &
j'admire le peu de tems qu'il
vous a fallu pour vous infecter
de ce mauvais goût. Mais, fi-
nissons la dispute, que Mou-

ftache acheve fon Hiftoire,
s'il eft poffible, & qu'elle ne
me quitte plus fon Cormoran
pour courir après des digref-
fions inutiles. Allons, continuez, dit Néadarné, à Mouftache, & fur tout, rendez
moi compte éxactement de ce
que vous avez fait, & non-feu-
lement de ce que vous avez
penfé, mais encore de ce
que vous auriez voulu penfer,
n'oubliez pas, en un mot, la
plus légere circonftance. Vous
contez fi bien !

꧁꧂

I iij

CHAPITRE VI.

Qui ne dément pas les deux au-tres.

J'En étois donc, reprit Moustache, à ce regard qui le
satisfit, il devint amoureux à
ne plus se connoître. Que cela
m'auroit contenté! si j'avois
pû voir son aliénation d'esprit
dans toute son étenduë. Mais,
ma raison avoit couru après la
sienne, & l'amour m'empêcha
de connoître son départ, &
de souhaiter son retour. Le

Prince, & moi, étions convenus, ainsi que cela se pratique communément, de n'avoir en Public, l'un pour l'autre, qu'une apparence d'amitié, & de politesse, & qu'en particulier, nous nous dedommagerions, ainsi que cela se fait encore, de cette crüelle contrainte. Il y avoit au pied de mon appartement, un jardin où il n'entroit que moi, j'en avois donné une clef au Prince; aussitôt que l'on étoit retiré, j'allois l'y trouver, & tous deux, assis sous un Bosquet de Myrthes, nous nous donnions les

plus tendres affurances de notre amour. Toutes mes nuits
fe paffoient de la même façon,
& je ne l'aurois pas fait pour
quelqu'un qui m'auroit moins
aimée que Cormoran ne faifoit; mais je fçavois bien que
quand mon tein y auroit perdu de fon éclat, & que j'en
aurois eu les yeux battus, il ne
s'en feroit pas apperçu. Ce
qu'on ne croira peut-être pas,
vû nos defirs, & la commodité que nous avions de les fatisfaire, c'eft que des rendez-
vous fi charmans fe paffoient,
fans que les emportemens du

Prince n'attaquaſſent prodi-
gieuſement ma vertu. Quelquefois, il me parloit de ſon
martyre, & de la difficulté
qu'il trouvoit à le ſupporter,
j'en étois quitte alors pour
quelque bagatelle dont, en
attendant mieux, il vouloit
bien ſe contenter : Souvent,
je brûlois de lui en accorder
davantage, mais la nuit couvroit mon deſordre, & ſa reſ-
pectüeuſe retenuë me ſauvoit
de ma foibleſſe. Dans de certains inſtans, je lui en voulois
mal, mais je ne le lui diſois
pas.

Etonné souvent d'une ré-
ferve si inconnuë dans notre
Cour, il m'en faisoit des reproches amers. La facilité que
je lui avois montrée la premiere fois, ne lui avoit pas
laissé prévoir une si longue résistance, j'en étois moi-même
surprise, mais je voulois qu'il
m'estimât, & l'amour-propre
triomphoit en moi de la passion. Quand je m'en souviens
cependant, que ces momens
sont douloureux ! un homme
aimable, aimé, qui inspire autant de desirs que vous en
pouvez faire naître, est seul

avec vous la nuit. Il prend des libertez que vous souffrez , & vous réfistez ! ce n'eft pas la vertu qui fauve une femme de ces dangereufes occafions, elle n'en a plus dèflors qu'elle les cherche. En pareil cas, une coquette peut feule fe garantir des tranfports d'un amant; je fçais que la coquetterie eft moins méritoire que la vertu , mais auffi eft-elle plus utile. Il y avoit quinze jours que Cormoran, & moi nous nous aimions; & avec les précautions extrêmes que nous avions prifes, il n'y avoit que toute

la Cour qui fe fût apperçuë de
notre intelligence : Cependant, le refpect qu'on me portoit, empêchoit qu'on n'en fît
tout haut des plaifanteries. Le
Génie feul, malgré l'intérêt
qu'il avoit à connoître mon
cœur, ignoroit encore fon rival. Il fçavoit qu'il n'étoit
point aimé ; mais, foit pré-
fomption, foit l'idée qu'il
avoit de mon indifférence, il
ne croïoit pas que je fuffe fenfible pour un autre. Enfin,
trop amoureux, & trop jaloux
pour n'être point clair-voïant,
il commença par foupçonner

qu'une paffion fecrete dont
mon cœur étoit rempli, étoit
ce qui le lui fermoit. Il porta
fes regards fur tous les Courtifans, & au milieu de ce crüel
éxamen, il les arrêta fur Cormoran. Il avoit découvert en
lui, une attention qui lui parût tenir plus de l'amour, que
du refpect. Il avoit furpris entre nous, de ces regards que
malgré la contrainte qu'on
s'impofe, l'amour anime toûjours trop, pour n'être pas re-
marquez; l'attention du Prince, quand je parlois, la complaifance flatteufe avec laquel-

le je l'écoutois, les Eloges que
je donnois à ſes moindres diſcours, mille choſes, ſur leſ-
quelles on ne s'obſerve point,
& qui, toutes légeres qu'elles
ſont, parviennent, miſes enſemble, à faire un poids, fixé-
rent ſes ſoupçons, & les tour-
nérent en certitude. Quelque
envie qu'il eut d'en ſçavoir davantage, il n'interrogea pas
les ſecrets immenſes de ſon art,
il n'ignoroit pas que ce ſeroit
en vain qu'il voudroit s'en ſervir, & que l'amour, toûjours
au-deſſus de lui, dédaigneroit
de ſatisfaire ſa curioſité. Ré-

folu de s'éclaircir, il ne s'en
fia qu'à lui-même, & jugeant
que le tems de la nuit étoit celui que je choifiſſois pour voir
Cormoran avec liberté, il ſe
rendît inviſible, & ſe tranf-
porta dans mon jardin. Cette
même nuit, j'avois réſolu de
m'abandonner ſans réſerve à
Cormoran, & de lui donner
ma foi. Nous étions déja tous
deux dans le Boſquet des Myrthes, lorſque le Génie entra.
Il attendoit avec impatience
que je ſortîſſe de ma Chambre,
quand, des ſoûpirs trop marquez, partant du Boſquet

déterminérent fa route de ce côté-là. Helas ! c'étoit nous qui les pouffions. Contente de mon amant ; fûre de fa fidélité, preffée par fes defirs, plus encore par les miens je m'étois laiffée aller fur un lit de gâzon. Cormoran, moins timide qu'à fon ordinaire, m'avoit auffi moins ménagée. Nous fortions enfin du plus tendre égarement, & nous nous difpofions avec ardeur, à nous y remettre, lorfqu'un tourbillon de lumiére nous environna, & nous fit voir, en fe partageant, le Barbare Génie. A cette vuë,

nous

nous demeurâmes immobiles,
nous ne l'attendions pas. Le
dérangement où le Prince m'a-
voit mise, subsistoit encore,
comme il me menaçoit de le
redoubler, je n'avois pas songé à la décence. Lui-même,
plus éperdu que moi, étoit
dans un état qui fît imaginer
à la jalousie du Génie, les plus
crüelles choses. Ma robbe le
couvroit presque tout entier,
& plus le Génie le trouva at-
tentif à admirer je ne sçais
quelles bagatelles qu'en ce moment il considéroit, moins il
se crût permis de lui pardon-

II. P.   K

ner. Crüelle! s'écria-t'il, avec une voix tonnante, est-ce là comme vous vouliez répondre à ma tendresse? Et toi, malheureux, poursuivit-il en s'adressant à Cormoran, as-tu bien songé qui tu offensois, & crois-tu pouvoir échapper à ma vengeance? Elle est complette, puisque tu ne peux mourir, & tous les instans de tes jours seront marqués par les traits les plus funestes de ma colere; qu'on l'enleve, continua-t'il, & qu'on le garde jusques à ce que j'aïe ordonné de son supplice.

Le Prince, à ces paroles, disparût en me tendant les bras. La surprise, & la douleur m'avoient d'abord accablée, mais mon malheur me redonnant des forces. Barbare! m'écriai-je, dequoi peux tu te plaindre ? Et qui t'a dit que quand tu aimerois, tu dûsses toûjours être aimé ? Quel droit t'avois-je donné sur mon cœur? Oüi, Cormoran m'a plu, & ta fatale présence me fait sentir encore plus vivement à quel point je l'adore. Je ne crains point ta vengeance, quand même tu m'épargnerois; je n'en serois pas plus à toi. Toûjours occupée des maux de mon amant, je ne te verrai jamais que comme le plus odieux de mes ennemis. Puni-moi, si tu veux; mais, sois sûr que le tems, & les plus grands malheurs ne détruiront jamais mon amour, & qu'il subsistera autant que mon aversion pour toi.

Eh bien ? Perfide ! dit le Génie, tu seras contente. Déja il s'approchoit pour m'enlever, lorsque Barbacela vînt me souftraire à sa fureur. J'allai long tems avec elle dans

les airs, enfin, elle m'abbatît
dans cette Prairie où vous m'a-
vez trouvée. Infortunée ! me
dit-elle alors, dans quels abî-
mes affreux, l'amour vient-il
de te plonger ? Tu perds pour
jamais l'objet de ton ardeur,
tu te ferois perduë toi-même,
fi ma puiffance ne t'avoit fau-
vée de la Barbarie de Jonquille. Fuï, cache-toi à fes regards jufqu'à ce qu'un tems
plus heureux te permette de
revoir la clarté du jour. De-
vien Taupe, & garde-toi de
fortir de cette Prairie. J'ôfe,
dans l'obfcurité de l'avenir,

prévoir pour toi un sort plus doux.

Un jour viendra qu'un de mes favoris, mettra fin à tes malheurs, & qu'une Princesse délivrera le tendre Cormoran. Alors, elle me frappa de sa baguette, & je restai, toute aussi Taupe que vous me voïez; avant qu'elle me quittât, je lui demandai ce que le Génie avoit fait de mon amant, & j'appris par elle qu'il l'avoit condamné à faire éternelle-ment la roüe, & la culebute dans les Jardins de l'Isle Jon-quille. Vous verrez, interrom-

pît Tanzaï, que c'eſt à cauſe
de ſon inclination pour la
Danſe que le Génie l'a honoré
de ce ſupplice. Au reſte, je ne
doute point que ce ne ſoit de
moi que la Fée Barbacela vous
a parlé, & nous ferons en ſorte.....Mais, eſſuïez donc vos
yeux, dit-il à Néadarné qui
pleuroit immodérément, votre pitié va trop loin, eh bien,
elle eſt Taupe & rien de plus;
quant aux ſaults que fait Cormoran, cette idée n'a rien de
ſi affligeant. Ah que vous êtes
peu tendre ! lui dit Néadarné,
ſongez-vous aux malheurs de

deux amans que l'on fépare, &
le Génie ne leur eut-il donné
que cette punition , n'en étoit-
ce pas affez pour les faire mourir de douleur ? Qui me fépa-
reroit de vous pour un jour ,
pour une heure , ne cauferoit-
il pas ma mort ? Mais, dit-elle
à Mouftache , combien y a-t'il
que vous n'avez perdu Cormoran ? Dix ans fe font écou-
lez depuis ma funefte avanture, reprit Mouftache ; Barbacela eft venuë me voir quelquefois , & c'eft d'elle que j'ai
fçu que Jonquille toûjours irrité , aïant appris que j'étois
Taupe ,

Taupe, & ne pouvant deviner ma retraite, a ordonné, pour tâcher de m'avoir entre ses mains, que personne ne se présentât devant lui, sans lui apporter des Taupes, espérant qu'enfin, je serois prise par quelqu'un. Sans votre généreuse pitié, il n'y auroit que trop bien réüssi, je vous en marquerai ma reconnoissance; mon pouvoir, quoiqu'infiniment subordonné à celui de Jonquille, ne laisse pas de s'étendre loin, nous approchons de ses états, songez seulement à me bien cacher.

II. P.   L

Vous croïez donc, dit la Princesse, que vous reverrez Cormoran? Tout contribuë, répondit Mouftache, à me le faire croire, les promeffes de Barbacela, votre rencontre qui commence à faire un chan- gement dans ma fortune, & plufque tout encore, la tran- quillité de mon cœur. Vous qui connoiffez le Génie, dit Tanzaï, penfez-vous qu'il en vüeille venir avec Néadarné aux dernieres extremitez? La chofe, fans moi, ne feroit pas douteufe, reprit Mouftache, le Génie eft facile à toucher :

Néadarné eſt belle, la ſingu-
larité de ſon avanture le pi-
quera peut être autant que ſes
agrémens. Mais, ne pourrois-
je pas ſuivre Néadarné? Demanda-t'il encore. Eh! dequoi la garantiriez-vous? Reprit Mouſtache, Jonquille aime la Muſique, vous joüez
ſupérieurement de la Vielle,
& il pourroit bien vous condamner pour trente ans au
moins à faire danſer Cormoran. Laiſſez-moi tout arran-
ger ; je vous réponds d'un
ſuccès au-deſſus de toute eſpe-
rance. Le Prince, que l'idée

de Jonquille inquiétoit trop
pour être raffûré par les promeffes de la Fée, foûpira, &
ne répondît rien, perfuadé
que Mouftache n'empêcheroit
pas plus Néadarné de tomber
entre les mains de Jonquille,
qu'elle n'avoit empêché Cormoran de fauter.

CHAPITRE VII.

Qui fera bâiller plus d'un Lec-
teur.

PEndant le récit de Mou-
ſtache qui, ainſi que le
Lecteur l'a dû ſentir, ne laiſſa
pas d'être fort long, on avoit
traverſé la Forêt, & le Prince,
découvrant de loin une grande Ville, demanda ſon nom.
C'eſt lui répondît Mouſtache,
la Ville des Barbeaux, elle eſt
grande, & peuplée, ſon Roi
eſt tributaire du Génie, & ſon

Agent principal dans les affaires amoureuſes. Ce Roi a la
complaiſance de prendre une
liſte de toutes les beautez de
la terre qui ont des avantures
finguliéres, telles, par éxemple, que celle de la Princeſſe,
& le Génie ſe les fait adjuger
au Bureau des Fées, où l'on
a mille déférences pour lui.
Mais, dit Tanzaï, ce Génie
s'eſt fait un emploi bien particulier ! quelle ſorte de plaiſir
peut-il prendre à profiter des
malheurs d'une femme ? Cela
n'eſt ni généreux, ni délicat.
Vous avez raiſon, reprit la

Fée, mais cette délicateffe eft
aujourd'hui la chofe du monde qui le touche le moins ; il
prétend qu'elle feule trouble
les plaifirs, ou que quand elle
ne fe met pas de la partie, ils
n'en font ni moins réels, ni
moins vifs. Il eft difficile de
corriger un homme qui s'eft
fait un fyftême, & qui pour
l'appuïer fe fonde d'abord, fur
ce que les femmes à fentimens
l'ont toûjours trompé, en lui
donnant moins de plaifir que
celles qui ne fe livrent à lui,
que par befoin, ou par fenfua-
lité effective, & fur la folie

L iiij

qu'il y a à fe priver, pour un
feul objet, de tous ceux qui
pourroient plaire. Cela fait,
repartît le Prince, la plus mauvaife façon de penfer qu'il y
ait au monde. Je fuis plus content de regarder Néadarné
feulement, que je ne le ferois
dans les bras de la plus charmante Fée de la terre. Vous
n'avez peut-être pas été toûjours fi difficile, reprit Mouftache, mais quand cela ne feroit pas, il ne faut point dif-
puter fur la volupté, elle prend
fa fource dans le caprice, &
lui feul la détermine.

Je crois cependant, dit Néadarné, que pour cette volupté
si recherchée, on a besoin de
s'aider de son cœur, & l'homme du monde le plus aimable,
si je ne l'ai pas choisi, ne fera
pas sur moi le même effet.
qu'un monstre dont je me ferois une idée séduisante. Bien
des femmes qui pensoient comme vous, répondit la Fée, se
sont détrompées par l'expérience. On ne peut répondre
du moment, il en est où la nature agit seule, & où l'on se
trouve précisément dans le cas
d'un songe qui offre à vos sens

les objets qu'il veut, & non
ceux que vous voudriez. Le
fonge du Prince en eſt une
preuve, il auroit aſſurément
mieux aimé rêver de vous, que
de la Fée Concombre, cependant.... Oh ſans doute ! interrompit Tanzaï qui s'impa-
tientoit des indiſcrétions de
Mouſtache, on n'eſt pas maître de ces ſortes de choſes, mais
nous approchons de la Ville,
& c'eſt une diſpute à remettre
à un autre moment. Il n'y a
donc pas loin d'ici à l'Iſle Jonquille ? Non, dit Mouſtache,
à quatre lieües de cette Ville,

on trouve un grand Lac fur lequel l'Ifle eft fitüée. Des Barques galamment ornées y paffent, fans avoir befoin de Conducteurs, les beautez qui ont affaire au Génie, & les remenent de même. Avec ces propos, & plufieurs autres pas plus intéreffans, ils entrérent dans la Ville. Tous les Habitans en étoient du plus beau bleu qu'on puiffe voir. Quoique le Prince, & Néadarné voïageaffent *incognito*, leur air majeftüeux, leur nombreufe fuite, & la magnificence de leurs équipages firent juger

aux Blüets que ces étrangers
étoient des personnes de la
plus haute distinction. Moustache pressa le Prince de se
rendre au logement qu'on
avoit préparé, & témoigna
tant d'inquiétude, qu'il ne pût
s'empêcher de lui en demander le sujet. Ce n'est pas sans
raison que je tremble, dit Moustache, Jonquille est dans cette Ville, & je crains qu'il ne
me reconnoisse. Et que vient-
il faire ici ? Reprit le Prince.
Ce n'est jamais que l'amour
qui l'y améne, répondit la
Fée, les femmes de cette Ville

malgré leur couleur, font extrémement belles, & quand
le Génie n'a rien à faire, il
s'amufe à les honorer de fa
tendreffe. Les Habitans qui
le craignent, n'ofent lui rien
refufer, & beaucoup moins,
les Habitantes. Affurément!
dit Tanzaï, voilà un terrible
Génie. Ah Néadarné! que
votre beauté, va me rendre
à plaindre. Puis-je me flatter,
quand je vous regarde, que
Jonquille n'ait pas les mêmes
yeux que moi? Que fera le
pouvoir de Mouftache? Comment, vous fauvera-t'elle des

defirs de ce Génie? C'eſt en
vain qu'elle me le promet, plus
j'approche de mon malheur,
plus l'idée m'en devient ſenſible, je ne puis plus la ſoutenir.
Je ſens même, qu'au retour de
l'Iſle Jonquille, vous me feriez inſuportable, & que ne
pouvant plus vous eſtimer,
vous ne pourriez plus m'être
chere. Soïez toûjours telle que
vous êtes, auſſi-bien, votre
premiere forme me feroit inutile, ſi elle vous étoit renduë
par Jonquille. Content de vous,
nous nous plaindrons enſemble de la rigueur de notre deſ-

tinée. Je ne veux que votre cœur, & s'il eſt vrai que la poſſeſſion du mien ſuffiſe à votre félicité, la notre ſera entiére. En un mot, loin de vouloir que vous approchiez de l'Iſle Jonquille, je veux que dès demain nous reprenions la route de Chéchian. Que vous me rendez heureuſe! cher Prince! s'écria la tendre Néadarné; mais ne ſouffrez pas de votre complaiſance pour moi, contente de porter le titre de votre compagne, je verrai, ſans regret, une autre que moi, en remplir les fonctions; elle me fera chere par les plaifirs qu'elle vous donnera : vos loix ces loix févéres ! qu'en vain vous voudriez éluder, n'éxigeront plus notre féparation. Quand vos fujets verront les fruits précieux d'un fecond Hyménée, ils ne poufferont pas la Barbarie, jufques à bannir votre amie. Si je fuis deftinée à cet affreux malheur, fi je dois paffer loin de vous, mes jours infortunez, du moins, ajouta-t'elle, en verfant les larmes les plus ameres, du moins, ô mon unique bien ! fi je furvis à notre féparation, aurai-je la douceur

de

de penfer que j'ai contribüé à
vos plaifirs. Que dites-vous?
Adorable Princeffe! s'écria
Tanzaï, moi! que je vous abandonne? Qu'une autre que vous
attire jamais mes regards? Ah!
ne le croïez pas. Periffe plûtôt le Roïaume que je ne pourrois plus vous offrir! périffe
toute la nature! plûtôt que je
me noirciffe de la plus odieufe
des ingratitudes. C'eſt en vain
que les loix voudroient s'ar-
mer contre vous, en vain, mes
Sujets les feroient-ils parler,
dès-à-préfent, je les révoque,
elles fe tairont devant ma puiſ.

fance, ou malheur à qui les oſera faire revivre. Je me ré-volterois contre les Dieux mê-mes ! Non, Divine Néadarné, non, votre éloignement ne fe-ra pas la recompenſe de votre amour pour moi, & des ſenti-mens que vous m'avez mon-trés, lorſque j'étois dans le cas où vous êtes. Ceſſez de m'en parler, le deſtin las de nous perſécuter nous prépare, peut-être, des jours plus heu-reux, où .... Ne vous en flat-tez pas, interrompit bruſque-ment Mouſtache. Le deſtin ne révoque pas ſes arrêts au

gré des mortels, le feul Jonquille peut tout pour vous :
D'ailleurs, fi la Princeffe ne
délivre pas Cormoran , que
deviendrai-je moi ? Vous voudrez bien, répondit Tanzaï ,
que cette inquiétude ne pré-
vaille pas fur mes interêts. Le
deftin d'ailleurs ne m'ordonne
rien fur cet article , & je n'i-
magine pas que vous deviez
faire une Loi à la Princeffe ,
d'une chofe accidentelle qu'elle eft maîtreffe de ne pas faire.
Mais, que craignez-vous ? Reprit Mouftache, quand je vous
affûre de ma protection. Eh !

M ij

vous tremblez pour vous-même, dit Tanzaï. Ce n'est pas
la même chose, répondit Moustache, le Génie peut être à
redouter pour moi par ma situation présente, sans que pour
cela, je me trouve par tout,
sans pouvoir. Quand la Princesse sera dans l'Isle, j'ai ima-
giné pour la souftraire aux empreffemens de Jonquille, de
ne lui offrir qu'un phantôme
qu'il prendra pour elle, tant
j'aurai soin qu'il lui ressemble.

Je ne prétends pas, dit Tanzaï, qu'il jouïsse seulement de
son idée, en un mot, je veux

retourner à Chéchian. Je vous
plains, mais si la Fée Barbacela
vous aime tant, elle trouvera assez d'autres moïens pour
vous rendre votre amant, &
votre figure: à ces mots, il ordonna, devant Mouftache,
son départ pour le lendemain,
& laiffa cette Fée dans une dé-
folation que toute la tendreffe
de Néadarné pour elle, ne pûr
calmer.

CHAPITRE VIII.

Malice de Jonquille : Comment Mouſtache la tourne à ſon profit.

Mouſtache, réduite au point de voir évanoüir ſes derniéres eſperances, & ſentant bien qu'elle ne détermineroit pas Tanzaï au voïage de Néadarné dans l'Iſle Jonquille, réſolût, ſans s'amuſer à des ſupplications inutiles, de ſe ſervir de ce que ſon art pourroit trouver de plus puiſ-

fant pour délivrer fon Prince.
Il lui importoit peu que Tanzaï y perdît, le peu de cas qu'il
faifoit d'elle, les contradictions
qu'elle en avoit effuïées, le befoin qu'elle avoit que Néadarné tombât entre les mains, du
Génie, prévaloient fur toute
autre confidération, & fans
rien témoigner de fon deffein,
elle chercha dans fa tête quelque expédient qui pût la tirer
d'inquiétude. La nuit arriva
qu'elle y rêvoit encore. Auffi-
tôt après le repas, les deux
époux s'étoient couchés, &
Tanzaï toûjours réfolu de par-

tir le lendemain, avoit réïteré ses intentions. La Fée les laissoit dormir, & cherchoit, en vain, un stratagême qui lui fût propice, lorsqu'un bruit affreux s'éleva subitement dans la Ville. Bon Singe! qu'entends-je là? S'écria le Prince, réveillé en sursault. Ah! dit Moustache, que son art mît d'abord au fait, ce Jonquille est bien terrible! Qu'a-t'il donc fait? Demanda Tanzaï. Vous sçaurez, reprit Moustache, qu'il étoit amoureux d'une des plus belles femmes de cette Ville, outré de la résistance qu'elle

qu'elle apportoit à fes defirs,
il l'a changée en monftre, &
non content de cette punition,
il a étendu fa vengeance fur
toutes les jolies femmes d'ici,
& veut qu'elles reftent laides
jufques à ce qu'elles faffent un
voïage dans fon Ifle. Voilà ce
qui caufe le bruit qui frappe
vos oreilles ; les Blüets voudroient bien ne pas voir toûjours leurs femmes comme elles font, mais la condition à
laquelle le Génie a attaché le
retour de leur beauté, leur paroît plus crüelle encore à fupporter que leur figure. Cette

II. P.   N

Ville me paroît peuplée, dit le Prince, & le Génie n'aura pas peu d'affaires à raccommoder ce qu'il a gâté. Quoi? Volupté de mes jours! dit Néadarné, vous croïez qu'il y aura des femmes qui préféreront la perte de leur vertu à celle de leur beauté. Aux Dieux ne plaise! que je pense mal, reprit Tanzaï, mais je ne voudrois pas, si j'étois femme, qu'on me mît à cette épreuve. Quoiqu'il en soit, je répondrois bien qu'avant deux jours il ne restera aucune trace de la vengeance de Jonquille. Un

cri affreux que pouſſa Néadarné en cet endroit, interrompît la converſation. Eh ! qu'a-
vez-vous pour crier de la ſorte?
dit Mouſtache. Hélas ! répondit la Princeſſe, je ſuis bien
trompée, ſi je n'ai pas le nez
d'un pied au moins plus long
qu'à l'ordinaire. Le Prince en
ſe deſeſpérant, alla chercher
une des bougies qui brûloient
dans la Chambre, mais en
voïant le viſage horrible de
Néadarné, il la laiſſa tomber
de fraïeur. Il ne me manquoit
plus que cela, dit-il. Donnez-
lui le miroir, diſoit Mouſta-

che ; prenez une autre bougie.
Le Prince, en tremblant, ap-
porta l'un, & l'autre, & Néadarné se trouva si laide, si
vieille, si bossuë qu'elle ne pût
retenir ses larmes. La Fée Concombre auroit pû, alors, dis-
puter d'agrément, avec elle.
Ne vous affligez pas, disoit la
maligne Taupe, qu'importe
un mal quand on lui connoit
un reméde certain ? Eh ! ce qui
me desespére, répondit le
Prince, c'est le remede, &
quand même il ne m'afflige-
roit pas, croïez-vous que la
vertu de Néadarné lui en per-

mît l'usage ? Hélas! Prince,
dit Néadarné terrassée par tant
de malheurs, je ne veux rien
faire que vous n'y consentiez;
Et vous, ajouta-t'elle en s'a-
dressant à Moustache, vous,
qui m'aviez promis votre protection, quand dois-je l'éprouver, si ce n'est dans la situation où je me trouve? Ce qui
me surprend, reprit le Prince,
c'est que Néadarné se trouve
envelopée dans la fureur du
Génie, elle ne devroit naturellement tomber que sur les
femmes de cette Ville. Qu'ont
affaire les étrangéres à tout ce

ci? Mouſtache, ſi elle l'eut
voulu, auroit pû, mieux que
perſonne, inſtruire Tanzaï de
la vérité de cette avanture,
puiſqu'elle ſeule avoit cauſé la
Métamorphoſe de Néadarné.
Deſeſperée de l'obſtination
du Prince à ne point envoïer
Néadarné à Jonquille, & ne
pouvant délivrer Cormoran
que par cette vóïe, elle avoit
ſaiſi l'inſtant de la vengeance
du Génie, eſperant que la laideur exceſſive de Néadarné
détermineròit plus aiſément
Tanzaï, à la laiſſer aller dans
l'Iſle Jonquille. Le Prince ſe

perdoit cependant en lamentations ; la Fée pour le raſſurer,
lui dit, que le Génie n'avoit
aſſurément pas raiſonné juſte
ſur ſa vengeance. Que tant de
femmes s'y trouvoient enve-
loppées qu'il feroit obligé de
rendre la beauté, à la plus
grande partie d'entre-elles,
ſans en éxiger aucune ſoumiſ-
ſion. Qu'il falloit prendre ce
tems pour lui envoïer la Princeſſe, & qu'elle en feroit quitte
à meilleur marché. Eh oüi !
dit Néadarné, j'en reviendrai
plus belle, mais qui me rendra
ce que Concombre m'a fait

N iiij

perdre. Nous n'avons entrepris ce voïage que pour la guérison d'un feul mal, j'en ai deux actuellement prefque auffi fâcheux l'un, que l'autre. Quoique le remede que l'on m'offre, foit certain pour tous les deux, je ne dois m'en fervir, ni pour le premier, ni pour le fecond. Il vaut mieux, à tout prendre, pour mon Prince, que je refte laide. L'effroïable figure que je porte, lui fera oublier celle que j'avois, il ne m'aimera plus, mais pour me rendre digne de fa tendreffe, il faut que je perde

fon eftime. Pitoïable Méta-
phyfique! répondit Mouftache, qu'eft-ce qui fait le crime? C'eft le confentement. Ce
n'eft pas vous qui vous fouhai-
tez entre les bras de Jonquille,
donc vous ne pouvez pas être
criminelle. Vous ne defirez
feulement pas de recouvrer
votre premiére forme, ce n'eft
que par rapport à votre époux
que vous la regrettez, & fi
vous vous foumettez à ce qui
peut vous la rendre, ce n'eft
que pour lui; par conféquent,
il ne peut que vous en eftimer
davantage de lui avoir facrifié

vos répugnances. N'eft-il pas
vrai ? Dit-elle, à Tanzaï. Je
ne fçais pas, répartit-il, fi votre
raifonnement eft jufte, mais
dans les malheurs qui m'accablent, le parti qui me paroît le
meilleur, eft celui qui m'en
délivrera plûtôt. Quand ils
auroient pouffé cette converfation, l'Hiftorien eft trop ju-
dicieux pour la donner toute
entiére au Lecteur. Le bruit
cependant continuoit dans la
Ville avec tant de force que
le Prince fût prié par Néadarné, & par Mouftache de s'y
promener, & de leur dire des

nouvelles de ce qui s'y passoit.
Il leur apprît à son retour, qu'à
peine la vengeance du Génie
avoit éclaté, que toutes les femmes étoient parties en foule
pour l'Isle Jonquille, sans en
excepter la Reine qui ne pouvant supporter d'être laide un
moment, en avoit pris la premiére la Résolution ; mais
qu'à son retour, le Roi l'avoit
étranglée de ses propres mains,
& qu'il y avoit peu de maris
dans la Ville qui n'en eussent
agi de même. Cela, ajoûta-
t'il, n'empêche pas celles qui
sont restées ici, de vouloir par-

tir, & je fuis bien fûr qu'avant
que le jour foit écoulé, pas
une femme ici, ne portera des
marques de la colere du Génie.
Je le fçavois bien moi, que la
vanité d'être belles, l'empor-
toit toûjours chez les femmes
fur la fatisfaction d'être ver-
tüeufes. C'eft la faute des hommes, reprit Mouftache : qu'ils
recherchent la vertu dans une
femme, comme ils y recherchent la beauté ; que l'une,
leur foit d'une auffi grande
reffource que l'autre, vous
nous verrez aimer autant être
vertueufes, qu'être belles.

Mais, laiffons cela. A quoi
vous déterminez-vous enfin?
A laiffer partir Néadarné, auffi-tôt que l'aurore aura annon-
cé le jour ; demain, elle verra
Jonquille, & demain aufli,
je mourrai de douleur. C'eft
trop affurément d'un des malheurs qu'elle éprouve, & je
craindrois enfin qu'on ne me
reprochât de ne l'avoir aimée
que pour moi-même. Il eft peu
important de dire comment le
refte de ce jour fe paffa. Craintes toûjours nouvelles de la
part du Prince, affurances de
fidélité de la part de Néadar-

né, promeſſes de Mouſtache à
Tanzaï que Néadarné revien-
droit de l'Iſle comme elle y
feroit allée, à ſa guériſon près,
qui, ſe faiſant par art de Fée-
rie, ne couteroit rien à ſa vertu. Incrédulité, toûjours fer-
me de celui-ci qui trouvoit, à
ce qu'il ſembloit, de la douceur à mettre les choſes au pis,
tant qu'enfin la nuit arriva.
Tanzaï qui, dans la journée,
avoit changé dix fois de réſolution, ſe coucha d'avis de
laiſſer partir la Princeſſe, &
Mouſtache qui avoit quelque
choſe d'intéreſſant à dire à

Néadarné, voïant que la douleur ne le conduifoit pas au
fommeil, l'y amena par la force de fes enchantemens, &
commença ce qui fuit.

CHAPITRE IX.

*Converfation intéreffante de
Mouftache, & de la Prin-
ceffe.*

Vous voilà bien affligée
d'être laide, plus trifte
encore de la premiére de vos
méfavantures ; vous craignez
le Génie, cependant vous vou-

driez ne pas refter comme vous
êtes, cela fait bien du fracas
dans votre tête ; il faut pourtant débroüiller le tumulte de
vos idées, vous en tirer , le
rendre clair, vous faire voir
jour dans votre ame , elle eft
ténébreufe pour vous, vous n'y
marchez qu'à tâtons, vos idées
fe tournent le dos, font de mauvaife humeur contre elles-mê-
mes, il n'y en a pas une, j'en
fuis fûre, qui ne s'en veuille,
vous fouffrez de leur contra-
diction, je veux vous raccommoder avec vous-même, ma
raifon va s'affeoir, & les juger,
écoutez

écoutez-moi. Quand je vous
ai promis que je vous fouftrai-
rois aux tendres emportemens
de Jonquille, je vous ai trompée. Aucune force de ce côté
ne pourroit agir fur lui. Votre vertu toute cérémonieufe
qu'elle eft fur fes bienféances, lâchera prife, le Génie
lui mettra indubitablement le
pied fur la gorge, en un mot,
vous ne la conduirez pas à terme, il faut qu'elle choififfe
d'étouffer de plaifir, ou de
mourir violemment ; vous êtes
trop belle pour qu'on lui faffe
quartier, elle ne vous fervira

II. P.   O

même qu'à augmenter l'ardeur de Jonquille. Quand le triomphe ne coute rien , que la vanité d'un homme n'en fçauroit tirer parti, il le néglige. Paſſons à un autre point. Quant à votre laideur , n'en foïez pas inquiéte , elle eſt mon ouvrage , & je vous en defferai fans que le Génie s'en mêle. A peine aurez-vous quitté le Prince que vous vous verrez plus belle que vous n'avez jamais été. Ce n'eſt pas tout , il s'agit à préſent de l'eſſentiel. Le Prince eſt jaloux , & quand vous lui diriez que vous vous êtes présentée sans risque au Génie, des marques, qui ne sont point équivoques pourroient aisément vous démentir. J'ai un remede excellent pour réparer les outrages que nous font les emportemens des hommes. Que veut dire ceci, interrompît Néadarné? Quoi! reprit Moustache, vous ne m'entendez pas? Avant que vous connûssiez le Prince . . . . mais, il n'est pas possible que vous ne sçachiez point ce que je veux vous dire; vous conviendrez que dans ces deux nuits fatales où, successive-

ment, vous éprouvâtes tous
deux, la colere de Concombre, fi aucun malheur ne vous
étoit furvenu, que vous ne
pouviez accorder à Tanzaï,
ce que fa tendreffe éxigeoit de
la votre, fans qu'il ne vous ar-
rivât quelque chofe de fingu-
lier.... je commence à vous
entendre, reprit Néadarné.
Vous fentez bien, continüa la
Fée, que cela ne fe feroit pû
faire que quelque changement
ne fe fît en vous. Jonquille,
pour vous guérir, éxigera de
vous ce dont le Prince a été
privé. Ce qui feroit arrivé par le

Prince, arrivera par Jonquille.
En fuivant la coutume naturelle, il ne fe pourroit pas que vôtre époux ne s'apperçût point de ce que le Génie auroit fait. Eh ! qu'importe ? Demanda Néadarné. Pour le fonds, cela importe peu, répondit Mouftache ; mais, pour la forme, cela fait une différence. En un mot, cela blefle le préjugé, & c'eft, chez les hommes, ce qu'il faut refpecter le plus. Or, il faut que je vous mette en état de prouver au Prince, que le Génie vous a refpectée, fans cela, vous perdriez fa tendreffe,

& quelque chofe qu'il puiffe vous dire, quelque convain-cu qu'il foit que vous ne faites qu'obéïr, il auroit l'injuftice de vous méprifer, fi vous ne reveniez pas à lui, telle qu'il vous imagine. Voilà quel eft notre malheur ! les hommes, fans ceffe, nous accufent d'ar-tifice, &, fans ceffe, ils nous mettent dans le cas d'en avoir befoin avec eux. Ils font tous auffi injuftes que Tanzaï, & nous méprifent fouvent pour les chofes qu'eux-mêmes nous preffent de faire. Il y a mille occafions. Où, par rapport à

leur fotte vanité, la fincérité
nous deshonoreroit, & dans
lefquelles, regle générale, le
menfonge nous affure leur eftime. Tel eft, par éxemple,
le cas où vous vous trouvez.
Quand même, je ne pourrois
pas réparer le tort que vous fera le Génie, vous devriez toûjours foutenir à votre époux,
que votre vertu n'a point pé-
riclité, & mettre tout fur le
compte de la nature plûtôt
que de convenir avec lui, d'un
malheur qu'il ne vous pardon-
neroit pas. Enfin, cette idée
de préféance les flatte. Afin

d'appuïer vos difcours, je vous donnerai un fecret, imman-quable, * il confifte en trois paroles que même je vous écri-rai afin que vous ne foyez pas dans le rifque de les oublier. Dans un autre tems, fans tou-tes

* Ici Kiloho-ée fe plaint, & le Tra-ducteur après lui, de ce que ce fecret de Mouftache ne fe trouve pas dans ce Livre ; comme le Chinois protefte qu'il auroit voulu le donner à fa Patrie : Le Traducteur qui croit qu'il n'auroit pas été moins agréable à la France, qu'à la Chine, affûre fes Lecteurs, que c'eft à fon grand regret qu'elle en eft privée, il les fupplie de ne point imputer la perte de ce fecret à fa négligence, & il croit de-voir les affurer, qu'après de longues expériences, il a été obligé de traiter de fabuleux, tout ce qui fe dit fur cet ar-ticle.

tes ces précautions , vous pourriez le tromper, mais son a-
mour jaloux le rendra clair-
voïant , & nous avons plus
d'un sens à surprendre. Le secret lui ôtera tout sujet de sus-
picion ; je veux même qu'il le
serve plus qu'il ne seroit nécessaire. Plus il s'en plaindra,
plus il sera content : Au reste,
ne rougissez pas de vous servir de cet artifice. S'il avoit
dû porter des marques de la
nuit qu'il passa avec Concombre, il n'auroit pas fait difficulté de vous tromper. Il en a
été quitte pour vous dire qu'un

II. P.   P

songe l'avoit guéri, & vous pourrez ....Je me suis toûjours bien doutée, interrompît Néadarné, que ce songe n'étoit pas vrai, mais quand je lui dirois aussi que c'est un songe qui m'a rétablie, son avanture lui donneroit moins de foi pour mes discours. Oüi, si votre récit n'étoit point appuïé par le secret que vous sçavez, répondit Moustache; mais le moïen qu'il doute de vous quand il se trouvera dans la même peine au moins, que celle où aura été le Génie? Mais demanda Néadarné, si

le fecret alloit manquer? Concombre pourroit bien me joüer
encore ce tour-là, vous voïez
qu'il vaudroit bien l'autre. Ne
craignez rien, répondit Mouftache, ce fecret n'eft pas connu d'elle, fi le Prince étoit de
bonne foi avec vous, il vous
diroit qu'il n'a pas dû s'appercevoir qu'elle en ait fait ufage
avec lui. Autre article:

Vous vous êtes fait une répugnance fur Jonquille, elle
tombera à fon afpect, il eft aimable. Dans le récit que je
vous ai fait de mes avantures,
il a paru comme mon Perfécu-

teur, & cette idée, fans doute, vous l'a rendu haïffable ; mais, je vous avertis, encore une fois, que c'eft un Génie charmant, & qui joint au pouvoir le plus étendu, les qualitez les plus rares. Peut-être, prendrez-vous une forte paffion pour lui. Ne le croïez pas, dit Néadar-né, mon cœur eft prévenu d'une fi forte tendreffe pour Tanzaï, que je défirois tous les Génies de la terre, de faire impreffion fur moi. Vous êtes encore dans l'erreur là-deffus, répondit la Fée ; le Gé-nie vous mettra à de fortes épreuves, & Tanzaï qui pourroit soutenir votre cœur, sera absent. Ce sera assez pour moi de son idée, réprit Néadarné, & je rougirois trop, si pour ne lui pas être infidelle, j'avois besoin de sa présence. Avec tous ces beaux sentimens, reprit Moustache, les choses arriveront comme je vous le prédis. Je connois un peu la marche du cœur. Ce qui fait qu'une femme ne manque pas à son amant, c'est qu'elle ne se met point à portée de lui manquer. Dans une occasion fâcheuse, si elle s'y trouvoit, la nature souffleroit sur le sentiment, & ne manqueroit pas de l'éteindre : Il est vrai que quand il se rallume, on est bien étonné, mais la chose n'en est pas moins faite. Cela n'arrivera pas par Jonquille, dit Néadarné, & quand je ne serois pas vivement occupée d'un autre amour, ce ne seroit pas lui que je choisirois, je sens que je le haïs. Autre erreur, reprit Moustache, souvent les hommes, dont les femmes se font fait une idée rebutante, font ceux qui parviennent le plûtôt à leur plaire. Etre haï

d'abord, est une voïe qui d'ordinaire conduit à être violemment aimé. Souvent, le caprice agît là-dedans, beaucoup
moins que l'amour-propre. Un
homme paroît, & semble ne
voir les attraits d'une femme
qu'avec indifférence ; nulle
loüange n'échappe de sa bouche, ses yeux pleins d'une indolence mortifiante, ne disent
point à son silence qu'il en a
menti : Il la regarde sans mettre de la politesse pour elle
dans sa façon de l'éxaminer ;
il vaudroit autant pour, elle
qu'elle ne fût pas-là ; son ame

P iiij

ne fait pas semblant de l'appercevoir, peut-être même, pa-
roît-elle s'épuiser d'attention
pour une autre femme qui sera là ; voilà la haine détermi-
née, & si par hazard, cet homme si inattentif a du mérite ;
ce n'est qu'à sa perte, il n'en
est que plus insoutenable. S'il
étoit stupide, s'il portoit de ces
cœurs sur lesquels tout glisse,
son suffrage ne seroit presque
rien, on n'en seroit flattée que
parce qu'il faut faire impres-
sion sur tout le monde, mais
quelqu'un d'aimable ne point
trouver que vous l'êtes aussi,

cela ne se pardonne point :
dans l'inftant, tout ce qu'il a
d'agrémens eft défaut : Parle-
t'il bien, il parle mal, attendu
que dans ce qu'il dit, ce que
vous defirez ne s'y trouve
point. S'il eft férieux, qu'il
eft morne! S'il eft fenfé, qu'il
eft pefant? S'il eft badin, qu'il
plaifante mal! Voilà votre
imagination montée, vous
fentez une averfion qui vous
fait mal, tant elle eft forte.
Que cet homme fi détefté,
forte enfin de fa léthargie,
qu'il vous rende des foins, je
dis fimplement, de ces foins

d'ufage dans la fociété, & qui n'affichent rien, le voilà chan-gé, ce n'eft plus lui ; votre va-nité fatisfaite déchire le ban-deau qui couvroit vos yeux, l'attention qu'il a fait à votre mérite, fait, pour ainfi dire, éclôre le fien. Que dans cette fituation, il dife qu'il aime, à peine a-t'il prononcé ce mot dangereux, qu'un regard lui rend fa déclaration, & plus tendre encore qu'il ne l'a faite. Le cœur paffe d'une extrêmi-té, à l'autre, on croïoit n'a-voir jamais affez de haine, on craint de ne fe trouver jamais affez de tendreffe , c'eft-ce qu'on appelle une furprife de l'amour. Jonquille eft , avec vous, dans le même cas , vous le croïez affreux , il eft aimable, il vous rendra des foins qui vous découvriront d'abord tous fes agrémens , la furprife n'eft pas loin. Encore un coup, ne le croïez pas , lui dit Néadarné , j'aime le Prince , & je verrai fûrement Jonquille avec indifférence. Soit , reprit la Fée , je le crois d'autant plus qu'il ne nous eft pas néceffaire ni à vous, ni à moi, que vous l'aimiez. Il s'agit feule-

ment de paſſer une nuit avec
lui. Ah ! grand Singe ! quelle
ſera longue, s'écria Néadarné.
Jugez-la ſans prévention, répondit la Taupe, vous la trou-
verez courte. A préſent, ſon-
geons à cet infortuné Cormoran. Depuis dix ans, l'amour,
& la colere du Génie ont ſans
doute perdu de leur force. Je
ſçais même que, quelquefois,
il fait danſer devant lui, ce
malheureux Prince, & lui
commande des chanſons. Jonquille vous donnera des fêtes,
ſaiſiſſez ce moment pour lui
demander la liberté de mon

:mant, n'accordez, s'il fe peut,
rien à fon amour qu'il ne me
rende l'objet du mien. S'il vous
le refufe, prenez cette Pantoufle. En cet endroit, Mouftache fit un figne de fa pate, &
une Pantoufle, & un papier
tombérent en même tems fur
le lit. Voilà, continua-t'elle,
le fecret que je vous ai promis,
& qui peut fe répéter autant
qu'on le veut; pour cette Pantoufle, prenez-la, quand vous
verrez le Génie affoupi, faites
la lui baifer, elle redoublera
fon fommeil. Quoi! cette Pantoufle le fera dormir? S'écria

Néadarné, quel conte! ce font
choses qui fautent par-deffus la
conception humaine, répondit la Fée: Oüi, cette Pantoufle le fera dormir. Quand vous
le verrez dans cet état, allez
dans les jardins, chercher
Cormoran, montrez-la lui,
c'eft une de celles que je por-
tois le jour que nous fûmes fé-
parés, il a la pareille dans fa
poche, il me l'avoit prife en
badinant le jour que nous fûmes fi défagréablement furpris
par le Génie; ordonnez lui de
les mettre, elles le rendront
invifible, fans cette précau-

tion, il ne pourroit pas fortir
de l'Ifle. Mais, interrompît
Néadarné, fi le Génie s'apperçoit à tems de notre fuite ? Ne
craignez rien, dit Mouftache,
fon courroux ne feroit à redouter que pour Cormoran.
D'abord que la nuit fera place
au jour, il ne pourra plus rien
fur vous, que vous ne le vouliez; mais, ferrez foigneufe-
ment la Pantoufle, & le papier, je n'ai plus rien à vous
dire, l'aurore fe montre. Alors,
elle éveilla Tanzaï. Ah! jour
funefte, s'écria-t'il, que tu t'es
preffé de me luire! Eh bien,

partie de mon ame, dit-il à Néadarné, êtes-vous toûjours bien laide ? C'eſt, je crois, pis qu'hier, dit la Princeſſe. L'éxecrable Métamorphoſe ! s'écria-t'il, encore, ſi l'une avoit détruit l'autre, j'aurois à m'en conſoler, j'aurois du moins précedé le Génie. Trêve de lamentations, reprit Mouſtache, les équipages ſont prêts, il faut qu'elle parte. Tâchez, dit le Prince à Néadarné, en l'embraſſant, d'éviter les careſſes du Génie, ou du moins que ce ſoit ſi peu que rien s'il vous touche. Vous n'y penſez pas,

pas, dit Mouſtache, cela revient au même. Oüi dans le
fonds, diſoit le Prince, une,
c'eſt autant que dix, cependant, dix me chagrineroient
plus qu'une. Vous avez de bi-
zarres délicateſſes, repliqua-
t'elle, mais ne penſez pas à tout
cela, & recouchez-vous, vous
me ferez quelque conte, vous
avez l'eſprit orné. Oh ! pour
de l'eſprit, répondit-il, je n'en
aurai d'aujourd'hui, vous êtes
contente vous, vous allez revoir votre Cormoran, graces
à la Taupiniere où vous avez
vécu, il vous retrouvera com-

II. P.   Q

me il vous a laiffée ; mais Néadarné .. laiffons cette idée, elle
me tuë ; pendant ces difcours ,
Néadarné ne partoit point ,
& Mouftache, craignant que
Tanzaï ne la retînt, après avoir
affuré, de nouveau , le Prince,
que Néadarné ne courroit aucun rifque, les obligea tous deux
de fe féparer, & vît enfin partir la Princeffe pour l'Ifle Jonquille avec autant de plaifir
que Tanzaï en eut de douleur.
On verra dans les Chapitres
fuivans, s'il avoit tort de s'al-
larmer.

TANZAÏ
ET
NÉADARNÉ.

LIVRE QUATRIE'ME.

CHAPITRE X.

Intéréſſant s'il eſt bien traité.

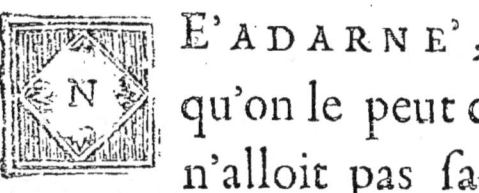

N E'ADARNE', ainſi qu'on le peut croire, n'alloit pas ſans in-quiétude trouver le Génie. On

Q ij

fait à moins des réfléxions , &
sa situation étoit de celles dont
toute femme délicate sera toûjours embarrassée. Sa laideur ne
l'inquiétoit pas , mais ce qui
devoit se passer dans cette Isle
lui donnoit les idées du monde les plus desagréables; cependant elle avançoit. Quand
elle fût à cent pas du bord,
elle fit arrêter ses équipages
avec ordre de l'attendre au
même lieu.

A peine fût-elle éloignée
de ses gens qu'elle prît son
miroir, elle y vit avec une
secrete satisfaction que Mou-

ſtache lui avoit tenu parole, & que tous ſes agrémens,
non-ſeulement étoient reve-
nus, mais étoient même au-
gmentés. Quoiqu'elle n'aimât pas le Génie, qu'elle regardât même comme un grand
malheur de lui paroître belle,
elle auroit pourtant été fâchée
de paroître devant lui dans l'é-
tat où la malice de Mouſtache
l'avoit miſe. Toute femme
veut plaire, même ſans vouloir faire aucun uſage des déſirs qu'elle fait naître; quelque paſſion dont elle ſoit pénétrée, quelque délicatement

qu'elle la fente, elle a toûjours fa vanité à fatisfaire, &
comme c'eft le befoin le plus
preffé, il faut que l'amour y
perde. Elle fentoit donc une
forte de plaifir à penfer que
Jonquille feroit éblöüi de fa
beauté, & regardoit comme
un grand triomphe pour elle,
de voir ce Génie, accoutumé
à poffeder les femmes les plus
parfaites, avöüer qu'elle l'em-
portoit fur toutes. Elle étoit
encore occupée de fes idées,
lorfqu'elle arriva aux bords
du lac fur lequel l'Ifle étoit fi-
tuée.

On ne doit pas oublier de
dire qu'elle avoit fait charger
trente barques au moins des
Taupes qu'elle avoit apportées
de Chéchian, bien conservées
par la miraculeuse protection
de Barbacela. La Barque qui
lui étoit réservée étoit la chose
du monde la plus agréable à
voir; ses voiles Jonquilles &
argent, étoient chargées de de-
vises galantes, les Cordages
étoient de même matiere que
les voiles, & un amour qui tenoit le gouvernail, sembloit
par son attitude vive, & tendre, annoncer aux belles qui

pasſoient dans cette Iſle, les plaiſirs qui leur étoient reſer-vés. Néadarné monta dans cet-te Barque, non ſans fraïeur; naturellement elle craignoit l'eau, & la figure de cet amour qui paroiſſoit ſervir de Pilote, ne la raſſuroit pas. Son voïage cependant fût heureux, & la Barque, quoique ſans Con-ducteur, fendant les ondes avec une rapidité exceſſive, ne s'arrêta que dans un Port ſuperbe bâti vis-à-vis le Palais du Génie. Néadarné, l'émo-tion dans le cœur, & la rou-geur ſur le front, deſcendit à terre;

terre ; fon embarras redoubla
à la vûë de la multitude ac-
couruë de tous les endroits de
l'Ifle, pour l'admirer : quoique
ce premier effet de fa beauté
ne lui déplût pas, l'air ricaneur
de ces Infulaires en l'obfervant,
lui fît penfer qu'ils ne pre-
noient pas le change fur ce
qu'elle venoit faire auprès du
Génie, & fa honte fût fans
égale. Elle marchoit toûjours,
quoiqu'entourée de ces habitans qui fe récrioient fans
modération fur le bonheur de
leur Souverain, & fur le magnifique préfent qu'elle lui

II. P.   R

apportoit. Néadarné impa-
tientée de leurs éloges, de
leurs difcours, & de leur jau-
niffe, arriva enfin à la porte
du Palais, bien perfuadée que
fi le Génie étoit auffi jaune
que fes Sujets, fa figure n'étoit
pas dangereufe. Les maîtres
de cérémonie l'attendoient.
Ces gens-là étoient les favoris
du Génie, & cette Charge
avoit auprès de lui plus d'une
fonction. Ils dirent à la Princeffe que Jonquille n'auroit
pas manqué de venir au-devant d'elle, fi des devoirs im-
portants attachés à fa dignité

ne l'avoient pas retenu. En attendant qu'il vînt, on la conduisît dans un appartement superbe, où on lui servit une magnifique collation ; elle y étoit encore occupée, lorsqu'une simphonie charmante annonça ce Jonquille si redoutable. La Princesse sentît son cœur en frémir ; l'idée de Tanzaï, celle de ce qu'on alloit éxiger d'elle, la troublérent, & lui firent verser des larmes : elle étoit encore dans ce désordre lorsque Jonquille se présenta à ses yeux : Frappé de l'éclat de la beauté de Néadarné, il demeura immobile. Néadarné, par politeſſe, s'étoit levée ; dans ce premier moment, tous deux ne ſe dîrent rien , mais le Génie ſortant enfin de ſon trouble, pria la Princeſſe de ſe raſſéoir , & ſe mît à ſes genoux. Néadarné n'avoit pas encore ôſé le regarder en face , mais forcée enfin de lever les yeux ſur lui , elle fût extrémement ſurpriſe, & de la majeſté de ſa figure , & de ce qu'elle n'étoit pas jaune ; elle fît tous ſes efforts pour qu'il ſe relevât , mais il n'en voulût jamais rien faire , non plus que de lui ren-

dre une main qu'il lui avoit
faifie, & fur laquelle, pour
ne point perdre de tems, il
avoit déja imprimé plufieurs
baifers. C'étoit agir un peu brufquement, mais il étoit fi accoutumé aux bonnes fortunes
qu'il commençoit toûjours par
manquer un peu de refpect.
Sa coutume n'étoit pas de bor-
ner à fi peu de chofe fes pré-
miéres entreprifes, & la bouche de Néadarné lui fournif-
fant un beau prétexte pour autorifer fes emportemens, il alloit en approcher la fienne ;
mais Néadarné le repouffant

avec force, c'est vouloir un peu trop promptement, lui dit-elle, me faire envisager l'horreur de ma situation, & .... Je sçais bien, Madame, interrompit Jonquille, que je ne devrois pas m'emparer d'abord de ce qu'on ne pourroit pas attendre de vous, même après quinze jours de constance, mais le destin ne me donne qu'un jour, & c'est, à ce qu'il me semble, vous prouver assez mes sentimens, de ne vouloir pas m'exposer à le perdre. Quoi ! Seigneur, répondit Néadarné, aurez-vous assez peu de générosité pour abuser de l'état où je suis? Ce n'est pas moi, Madame, répondit le Génie, qui ai éxigé de vous cette démarche, mon empres-sement doit vous dire à quel point je souhaite de vous être utile ; vous avez des répugnan-ces, & je dois vous obliger malgré vous. Mais, reprit Néa-darné, pourriez-vous être con-tent, lorsque vous ne devrez qu'à la contrainte, un bien que mon cœur vous refusera toû-jours. Je sçais encore, reprit Jonquille, combien la posses-sion de votre cœur me ren-

droit heureux , & je ferois tous
les efforts du monde pour me
l'acquérir. fi je croïois pouvoir
en venir à bout ; mais à quoi
ferviroit de ma part cette délicateffe , vous en feriez plus gé-
née , & je ne vous en paroîtrois
pas plus aimable. Le deftin,
en m'offrant les plus doux
plaifirs , me condamne à être
privé de ce qui en fait les plus
grands charmes , vous vous
donnez à moi à regret : Dans
ces inftants que vous pourriez
rendre fi heureux , vous gémî-
rez , votre févére vertu vous en
fera des momens douloureux :

Je pourrois vous donner de
meilleurs conseils, il ne tien-
droit qu'à vous de vous faire
un plaisir de la nécessité, elle
vous seroit moins cruelle, &
vous n'en seriez gueres moins
vertüeuse. Le devoir ne nous
est pénible, que parce qu'il n'est
pas l'ouvrage de notre fantaisie : l'époux le plus aimable ne
déplait souvent que parce qu'il
est en droit d'éxiger ce qu'on
lui livreroit avec transport, si
l'on ne s'en croïoit pas tributaire. Avec lui, c'est une dette
qu'on acquitte ; à l'amant,
c'est un présent qu'on lui fait.

Il eſt naturel qu'on ait plus de plaiſir à l'un, qu'à l'autre. Je ſuis avec vous dans le même cas ; vous ne m'avez pas choiſi, & ce n'eſt que par cette raiſon que vous me haïſſez ; mais enfin, vous êtes obligée d'avoir des complaiſances pour moi, & je vous demande, uniquement pour vous-même, de les imaginer moins fâcheuſes. Eh ! le puis-je ? S'écria la Princeſſe, puis-je ne vous pas déteſter ? Mon cœur . . . . Madame, interrompit le Génie, je ſuis fâché que vous ne me le puiſſiez pas donner,

mais à vous parler franchement, le cœur n'eſt ſouvent
qu'une chimére, il n'agît pas
toûjours autant qu'on le penſe;
je ſuis devenu Philoſophe là-
deſſus; voïons donc dequoi il
s'agit, quel eſt le ſujet qui vous
amene ici ? Quoi ! vous l'ignorez, dit Néadarné. Je ſçais,
répondit Jonquille, à quoi je
dois occuper ici votre loiſir,
mais ce qui vous fait recourir
à moi, m'eſt inconnu. Je gué-
ris tant de choſes que je ne
connois pas toutes mes pro-
priétez : N'avez - vous auſſi
qu'un remede, dit Néadarné?

Non, Madame, reprit le Génie, & vous êtes la seule à qui
j'aïe vû souhaiter que je pûsse
en emploïer un autre ; voïons
enfin : Qu'avez - vous ? Une
écumoire..... Comment, in-
terrompit-il, une écumoire !
ce mal me paroît curieux. Oh!
reprit Néadarné, mon avanture est la chose du monde la
plus surprenante, mais je ne
pourrai jamais prendre sur moi
de vous en instruire. N'importe, dit le Génie, je vous
guérirai peut-être sans cela ;
cependant il en seroit mieux
que je sçusse précisément sur-

quoi j'ai à travailler. Vous
çaurez donc , continua la
Princeffe, qu'en conféquence
le cette écumoire dont je vous
ai parlé , le Prince mon époux
perdît tout , & qu'il ne lui refta
qu'elle. Depuis , ce qui ne pa-
roiffoit plus s'eft rétabli , mais
à mon tour , j'ai éprouvé des
accidents .... Vous n'ignorez
pas que le mariage éxige de
certains foins.... Puiffai - je ,
s'écria Jonquille , ne vous être
jamais bon à rien , fi j'entends
ce que vous me dites, Que veut
dire une écumoire, qui fait perdre ce qu'on avoit, & qu'a-t'elle

de commun avec les foins que
demande le mariage? Parlez-
moi plus clairement, je vous en
conjure. Néadarné, enhardie
alors par les priéres du Génie,
lui découvrit de poim en point,
non fans rougir, ce dont il
étoit queftion. Votre état eft
fâcheux, reprit Jonquille en
foûriant, mais il fera aifé de
vous en tirer; votre maladie
eft pourtant finguliere, & depuis que je me connois, il ne
m'en eft pas tombé une pareille entre les mains. Je n'en
ai pas pour cela une plus mauvaife opinion; mais, Mada-

me, je crains que vôtre indocilité pour le reméde n'en rende l'effet inutile : Ne pourriez-vous pas vous en faire une idée moins affreufe, je ne condamne point vos délicateffes, mais auffi... Eh bien, Seigneur, s'écria Néadarné, fi vous ne condamnez point mes délicateffes, n'éxigez donc pas de moi ce qui me déplaît tant ! Madame, reprit Jonquille, je n'éxige rien, il dépend de vous d'accepter, ou de refufer mes fervices. Dès ce moment, vous pouvez partir ; mais Seigneur, dit Néadarné,

j'aurai entrepris un voïage inutile? Il ne tient qu'à vous, reprit Jonquille, qu'il ne le foit
pas. Ah crüel! s'écria-t'elle,
le vifage baigné de pleurs. Eh
bien, divine Princeffe, dit-il
en fe levant; n'obtiendrez-
vous rien de vous-même, &
ferai-je toûjours à vous preffer
de travailler à votre bonheur?
Laiffons cette converfation,
dit la Princeffe, elle m'em-
baraffe. Je vous embarafferois
bien davantage, reprit Jonquille, fi je ne vous parlois plus de
rien, mais je connois trop mes
devoirs pour commettre cette
impoliteffe.

impolitesse, & je sçai que je
dois paroître toûjours vous arracher ce que, sans doute,
votre clémence me donnera.
En attendant, Tâchez de ne
me point haïr, & venez em-
bellir par votre présence, les
fêtes que je vous ai préparées.
Le Génie alors prit la main de
la Princesse, non sans la lui
serrer plus qu'elle n'auroit
voulu, & elle en roûgissant
des libertez qu'il prenoit, se
laissa cependant conduire en
espérant qu'il en resteroit-là.

II. P.   S3

CHAPITRE XI.

Qui ne sert qu'à allonger l'ou-
vrage.

ON estime autant dans
une Histoire, des Réflé-
xions judicieuses que des faits
élégamment décrits. On a raison ; si elles allongent le narré,
elles prouvent la sagacité de
l'Auteur. En suivant ce principe, on peut se croire permis
de réfléchir ici sur la situation
de Néadarné. Toute femme
qui dira qu'en sa place elle

n'auroit point eû d'inquiétude, ou fera une hypocrite,
ou une de ces perfonnes à qui
il n'appartient pas de connoître les rifques de l'occafion, &
qui s'y font toûjours abandon-
nées fans réflexion. (Cette idée
peut n'être pas claire, mais
tant mieux pour le Lecteur; il
aura le plaifir de l'interpréter
à fa fantaifie.) Il eft rare qu'u-
ne femme du monde fe trouve
dans un cas dangereux pour
elle, fans qu'elle le vüeille; fa
vertu n'eft jamais violentée
par les circonftances, & quoique l'on ait entendu dire à

plus d'une, qu'en donnant à
fon amant tel rendez-vous où
elle fuccomba, elle ne l'auroit
par fait, fi elle n'avoit pas cru
s'en tirer à fon honneur, on
devra toûjours croire qu'elle
ne doutoit pas de ce qui arriveroit, & la preuve de cela,
c'eft qu'un homme à qui l'on
aura donné un de ces innocens
rendez-vous, n'a qu'à n'en
point faire ufage pour être
brouillé prefque fans reffource, avec la vertüeufe beauté
qui fe fera renfermée avec lui.
Les femmes ont pour fauver
leur vertu bien des reffources;

l'habitude où elles font de
voiler leurs mouvemens ; &
ce principe de bienféance, &
d'orgueil qui les étouffe ; notre
timidité, notre refpect pour
elles, & prefque toûjours l'i-
gnorance où nous fommes des
idées qu'elles ont avec nous,
& la crainte de leur déplaire,
voilà ce qui fait ordinairement
les forces de cette formidable
vertu qui nous en impofe ; l'i-
dée du plaifir un peu réfléchie
furmonte infailliblement dans
le cœur, toutes les idées de
préjugé. D'elle - même une
femme peut ne fe pas arrêter

aux images qui pourroient
bleffer fa pudeur ; mais , qu'un
amant fe préfente., & qu'il
plaife , qu'eft-ce alors pour
elle que la vertu ? Si elle combat encore, ce n'eft plus pour
la fauver ; elle y perdroit trop.
Mais il faut céder avec honneur, & mettre du grand dans
fa foibleffe , tomber décem-
ment ; en un mot, & pouvoir
s'excufer foi-même quand on
réfléchit à fon defordre. Peu
de femmes tombent d'accord
de cette vérité ; mais cela
n'empêche pas qu'elle ne foit
conftante. Néadarné n'avoit

pas pour faire briller fa vertu
le tems que l'on prend d'ordinaire, plus ou moins felon la
pruderie, la majefté, & la
diffimulation de la perfonne
attaquée. On ne lui donnoit
qu'un jour, encore n'étoit-
elle pas fûre que fa réfiftance
allât jufques au bout. Le Génie étoit aimable, impatient,
& dans l'habitude de vaincre:
Il connoiffoit le cœur, faifoit
profit de tout, & ces fortes de
gens font extrêmement dangereux. Ils aménent le moment, & ne s'y trompent pas.
Elle étoit défenduë à la vérité

par la paſſion qu'elle reſſen-
toit pour Tanzaï, mais pour
les intérêts de cette même paſſion, il étoit important qu'elle
la bleſſât, d'autant plus excu-
ſable encore que ſon époux ne
ſeroit jamais inſtruit de ce qui
ſe paſſeroit dans l'Iſle. Que de
raiſons pour ſuccomber! & il
n'y en avoit qu'une, imagi-
naire encore, qui pût l'en empêcher. Que de perſonnes qui
blâmeront la Princeſſe, auſ-
quelles il n'en faudroit pas
tant! Suivant ce raiſonnement,
qui pourroit être de moitié
plus court, la Princeſſe n'étoit
pas

pas fans émotion pendant que Jonquille la conduifoit. Il lui fit traverfer des Appartemens immenfes, plus ornés encore par le goût, que par la magnificence, quoiqu'elle y fût exceffive. Du Palais, on entroit dans des jardins charmants ; tout ce que l'art a pû imaginer de plus correct, & de plus brillant, étoit joint dans ces lieux, aux beautez les plus fimples de la nature. On voïoit d'un côté, des grottes ruftiques, & des ruiffeaux dont le murmure tranquille invitoit au plus doux repos, ou aux

II. P.   *T*

plus tendres plaifirs. De l'autre, c'étoient des cafcades à
perte de vûë, des cabinets fu-
perbes, des ftatües d'un grand
prix. Là, on s'égaroit dans les
routes tortueufes, & inégales
d'un bois que fon irrégularité
ne rendoit que plus agréable.
Ici, des allées d'une hauteur
furprenante, & compaffées
avec foin, offroient une pro-
menade plus aifée, mais moins
voluptüeufe. Les Parterres ra-
viffoient par la variété, & la
beauté des fleurs dont ils é-
toient ornés ; Flore y avoit à
jamais fixé fon empire, & Zé-

phire l'y trouvoit fi belle qu'il
fembloit en l'y careffant fans
ceffe, avoir pour toûjours re-
noncé à fon inconftance. Des
oifeaux de toutes les efpéces
habitoient dans ces jardins ; la
Tourterelle mêloit fes tendres
accens aux chants vifs, & lé-
gers du Serin, & du Roffignol.
Des Nymphes charmantes y
formoient des danfes. Des Bergers plus galants que ceux des
bords du Lignon chantoient
fur leur muzette un amour, qui
quoique toûjours heureux,
n'en étoit pas moins fidele; tout
enfin parloit amour dans ces

délicieux Boccages, tout l'offroit aux yeux, tout l'inspiroit
au cœur, il sembloit qu'on le
respirât avec l'air de ce séjour
enchanté. La volupté assise au
milieu de ce jardin, ordonnoit elle-même les plaisirs, &
répandoit sur eux ce charme
si flatteur que sans elle ils n'ont
jamais. Les amours la couron-
noient de fleurs, & formoient
autour d'elle les jeux les plus
badins. Néadarné ne pût résis-
ter à tant d'objets, & malgré
elle, son cœur s'émût; elle se
sentit ce mouvement de tendresse qui trouble les sens, &

les prépare à un plus grand
defordre. Jonquille qui s'apperçût de ce qui fe paffoit dans
fon ame, la regarda avec des
yeux qui peignoient fi bien fes
defirs, que Néadarné ne pouvant fupporter leur éclat, interdite, troublée, foupira, &
fi doucement que Jonquille
voulût dans l'inftant même, lui
faire voir un bofquet qui fe
trouvoit fur leur route. Néadarné diftraite par la confu-
fion de fes idées, s'y laiffoit
conduire, mais en approchant
de ce bofquet elle le trouva fi
fombre, & jettant les yeux fur

le Génie, le vît fi amoureux,
que revenuë à elle-même, elle
refufa féchement d'y entrer.
Jonquille qui fçavoit qu'il y a
plus d'un moment dans la
journée, voïant celui là paffé
pour lui, ne la preffa pas davantage, & la conduisît du
côté où les Nymphes, & les
Bergers formoient les danfes
les plus agréables. Néadarné
s'en occupoit, lorfqu'un homme parti avec une viteffe extrême d'un des bouts du jardin, vînt, en faifant la roüe,
& la culebute, donner au milieu de la danfe, & la déranger.

La Princesse, à son emploi, le reconnût d'abord pour Cormoran, mais voulant cacher au Génie, l'intérêt qu'elle y prenoit. Voilà, lui dit-elle, un homme qui s'est fait une danse singuliere. Il ne danse pas ainsi pour son plaisir, répondit Jonquille : J'ai peine à croire, reprit Néadarné, que ce soit pour le vôtre. Vous ne connoissez pas ce Sauteur, dit le Génie, c'est l'homme du monde qui a le plus de talents, & qui seroit en même tems le plus heureux s'il n'avoit pas mérité ma colere en m'enlevant le

cœur d'une Fée que j'adorois;
Trop humain pour ordonner
des supplices crüels, je me suis
contenté de le garder toûjours
dans mes jardins, occupé à
remplir la pénitence que vous
lui voïez faire. Ah Seigneur!
s'écria Néadarné, daignez suſ-
pendre son supplice! Approche malheureux, dit le Génie
à Cormoran, ose lever les
yeux sur ton maître, va au
Palais, & fais tes efforts pour
amuser l'objet divin qui veut
bien commander dans ces
lieux. Cormoran ne répondît
que par une profonde révé-

rence, & prît le chemin du
Palais, non fans faire encore
quelques culebutes, tant eſt
grande la force de l'habitude.
Néadarné, en remerciant le
Génie, ne pût s'empêcher de
le regarder, & le trouva ſi ſu-
périeur à Cormoran, quoique
ce dernier fût aimable, qu'elle
accuſa Mouſtache de caprice
de n'avoir pas répondu à la
tendreſſe de Jonquille. Elle
en étoit même déja au point
de le trouver auſſi beau que
Tanzaï, ſans cependant que
cette comparaiſon tirât à con-
ſéquence pour elle ; elle ne

pût même penser à son époux
qu'en soûpirant, & elle se con-
firmoit plus que jamais dans la
résolution de lui être fidelle,
lorsqu'on vînt annoncer qu'on
avoit servi. Le Lecteur voudra
bien, tant pour sa commodité,
que pour celle de l'Auteur,
sauter tout d'un coup du jardin
dans la salle à manger, d'autant plus qu'il n'y peut rien
perdre.

CHAPITRE XII.

Où l'on verra, entre autres choses, combien la Musique a dégénéré.

CEtte salle à manger étoit, à ce qu'on assûre, extrémément belle, & le répas étoit digne de ceux pour qui il étoit préparé. Néadarné étoit placée vis-à-vis le Génie, cette situation lui déplaisoit; car enfin, on regarde ordinairement devant soi ; elle se voïoit condamnée à ne pas

lever les yeux, ou à regarder
Jonquille qui, de son côté,
commençant à devenir fort
amoureux, lorgnoit de la façon du monde la plus incom-
mode. Néadarné, entre autres
choses, fût surprise de ne pas
voir paroître de Taupes sur
table. Seigneur, dit-elle au
Génie, vous contraindriez-
vous pour moi, que je ne vois
point ici votre mets favori ?
J'ai pourtant apporté une assez
grande quantité de Taupes
pour que l'on pût vous en servir. Moi ! Madame, dit Jonquille, je ne mange point de

aupes, c'eſt le Gibier du mon-
le dont je fais le moins de cas.
Qui vous a donc fait ce conte-
à? On m'avoit aſſuré, reprit-
lle, que c'étoit ce que vous
iimiez le mieux, ſi cela n'eſt
ßas, à quoi vous ſert-il d'en
lépeupler la terre? J'ai eu des
aiſons eſſentielles pour le vouloir ainſi, Madame, reprit le
Génie, mais elles ont ceſſé,
ie ne pourſuis plus l'ingrate
qui m'avoit outragé. Le ſupplice de ſon amant, & l'état
où elle eſt contrainte de vivre,
me vangent aſſez d'elle, &
ma colere s'eſt éteinte lorſque

mon amour s'eſt diſſipé. Cec
eſt pour moi une énigme, ré
prit Néadarné : il ſera aiſé de
vous l'expliquer , reprit Jonquille : Ce malheureux que
vous voïez là-bas avec ce tym
panon, celui qui vous doit le
jour heureux dont il joüit, eſ
l'indigne objet que l'on m'a
préféré. Mais Seigneur , dit
Néadarné, puiſque vous n'avez
plus d'amour , pourquoi per-
pétüez vous votre vengeance? Pour me pardonner d'être
crüel de ſang froid, reprit-il,
il faudroit que vous ſçûſſiez
avec quelle indignité j'ai été

joüé, & les tourmens affreux
dont mon cœur s'eft vû la
proïe. Terminons, de grace,
cette converfation, & n'em-
poifonnez pas, en me rappellant un fouvenir fi fâcheux,
le plaifir dont votre vûë me
pénétre.

Si ce plaifir étoit auffi vif
que vous voulez que je le
croïe, répondit la Princeffe,
vous n'entendriez parler de
votre ancien amour que comme d'un fonge dont vous pourriez à peine vous rappeller l'i-
dée, votre rival ne feroit plus
un ennemi pour vous, & vous

oublieriez, en me regardant, que quelqu'autre a pû vous inspirer de la tendresse. Quelqu'un croira sans doute à ce discours que Néadarné ne faisoit pas ce reproche au Génie sans qu'un peu de passion s'en mêlât. Kiloho-éé a été prêt de le croire aussi, cependant comme il faut se garder d'interpréter trop promptement en mal des actions qui peuvent être innocentes, & que d'ailleurs on doit avant que de prononcer sur une matiére délicate, en envisager toutes les faces, il a cru, après une profonde

fonde réfléxion, que Néadarné n'avoit paru un peu jalouse que pour obtenir plus facilement Cormoran de Jonquille. Cette interprétation est vraisemblable, Néadarné n'aimoit pas assez Jonquille pour être jalouse d'un amour passé, & la tendresse qu'elle conservoit pour Tanzaï devoit la laisser là-dessus dans la froideur que l'on a pour les choses indifférentes. Jonquille, qui, quoique fort aimable, étoit aussi vain qu'un autre, ne se fit pas toutes ces idées, & remercia la Princesse, autant que par la

II. P.   V

bonne opinion qu'il avoit de
lui même, il s'y crût obligé.
Ah belle Princeſſe ! lui dit-il
avec tranſport, ſi j'ai paru ne
pas oublier abſolument auprès
de vous la tendreſſe que j'ai
eüe pour une autre, Perſonne
du moins, n'altérera jamais
celle que je me ſens pour vous.
Il lui tînt encore beaucoup
d'autres diſcours, tous fort paſ-
ſionnés, & que pourtant l'Auteur ne nous a pas conſervés,
ſoit qu'il les ait trouvés trop
difficiles à rendre, ſoit qu'il
n'en ait point fait de cas, c'eſt
ce qu'on ne ſçait pas poſitive-

ment. Jonquille alloit, fans
doute, continüer à ennuïer
Néadarné, lorfque celle-ci
pour l'en empêcher, lui témoigna l'envie qu'elle avoit d'entendre chanter Cormoran. Ce
malheureux Prince s'avança,
& s'accompagnant de fon
tympanon avec une délicateffe
infinie, il chanta de la voix
du monde la plus touchante,
n'importe fur quel mode, l'excès de fon amour, & de fes
tourmens. Tous ceux qui é-
toient dans la falle en fûrent fi
attendris que les fanglots fe firent entendre par tout. Néa-

V ij

darné qui avoit le cœur très-
compatiſſant fondoit en larmes , & pouſſa ſi loin ſon
étouffement qu'il fallût lui
couper ſon lacet. Jonquille
lui-même en avoit les larmes
aux yeux, & voïant que la
douleur ne diſcontinüoit pas.
Traitre ! dit-il à Cormoran,
t'ai-je ordonné de faire pleurer
ma Princeſſe, & toute mon
Iſle ? Finis la déſolation publique, chante mes plaiſirs , ou
crain que je ne te donne de
nouveaux malheurs à mettre
en Muſique.

Eh ne le grondez pas ! dit

Néadarné , il m'a ferré le cœur , je l'avoüe , mais j'ai eû à pleurer , un plaifir inéxprimable. A peine avoit-elle ceffé de parler que Cormoran qui craignoit la colere du Génie , chanta un air fi guai & le joüa avec tant de vivacité, que l'affliction diminuant d'abord , & l'air que chantoit Cormoran redoublant toûjours de guaïeté , il fût impoffible aux Courtifans du Génie de fe contenir , & le refpect qu'ils lui devoient , ne pût les empêcher de former fur le champ une contredanfe. Jonquille auroit

bien voulu fe fâcher ; mais en-
traîné par la force de la Mufique, il fe leva, prêt à fe mettre de la partie. Néadarné
charmée de le voir fi fenfible
aux talents de Cormoran, lui
parla encore de le remettre,en
liberté, mais il reçût fi mal
cette propofition, & parût
s'offenfer fi fort de ce qu'elle
penfoit à ce Prince, quand
elle n'auroit dû, à ce qu'il
croïoit, penfer qu'à lui, qu'elle réfolût de fe fervir de la
Pantoufle, puifqu'on n'en
pouvoit rien obtenir. On
leva table, & après le caffé,

Néadarné voulant occuper
onquille, lui proposa une par-
ie de Berland à cinq. Soit, dit
onquille, joüons au Berland
n attendant l'Opera. Ecou-
ez, Cormoran, ajoûta-t'il,
ïez soin de tout, & songez à
çavoir mieux votre rôlle que
ous ne fîtes la derniére fois.
Cormoran partît. Il est donc
on pour l'Opéra? Demanda
Néadarné. Oüi, dit le Génie,
'il ne chantoit pas faux, si ses
ons n'étoient pas glapissants,
'il paroissoit moins fat sur le
Théatre, & qu'il y minaudât
moins; il seroit fort bon Ac-

teur. En achevant ce difcours,
on fe mît au jeu , & Néadarné faifant , ou tenant perpe-
tuellement va tout , aïant fans
ceffe Berland favori , ne filant
point , cavant au plus fort,
joüa avec un agrément infini.
Pendant le jeu, Jonquille avoit
avancé fes jambes fous la table , & Néadarné, ne fçachant
à qui elles appartenoient , diftraite comme une Princeffe ,
s'en fît un Couffin. Bien des
gens ont blâmé cette facilité
de Néadarné , fur tout dans
les termes où elle en étoit avec
Jonquille. Mais, qui ne fçait
que

que ce qui tire à conféquence
pour les particuliers, n'eſt rien
pour les perſonnes d'un rang
élevé? Une femme de condition ne fait-elle pas ſans riſque
toute la journée, des choſes
qu'une autre qu'elle, n'oſeroit
ſeulement jamais penſer. N'eſt-
ce pas même, ce noble mépris
les uſages qui la diſtingue
plus que ſon rang ? D'ailleurs,
une preuve que Néadarné ne
s'apperçut point que ce fût ſur
les jambes du Génie qu'étoient
poſées les ſiennes, c'eſt qu'elle
ne l'obligea pas à les remettre
convenablement, & qu'elle

II. P.   X

n'eut point de distractions :
Jonquille à la vérité en con-
çût de grandes espérances,
mais qu'importe ? Néadarné
pouvoit bien n'en être pas plus
coupable. Que seroit-ce donc?
Si les femmes étoient obligées
de répondre de tout ce que la
fatuité des hommes leur fait
imaginer sur leur compte. Ne
tirent-ils point parti , & des
égards innocents qu'on a pour
eux , & même du peu de cas
qu'on fait de leur personne ?
Qu'on les regarde , c'est desir.
Qu'on ne les regarde point ,
c'est dissimulation. Les fem-

mes feroient bien malheureu-
fes fi elles penfoient, ou fi elles fentoient le quart des impertinences que les hommes
leur attribüent. Ordinairement ils ne les croïent ridicules que quand ce font eux qui
le font. Jonquille, ainfi qu'on
l'a déja dû remarquer, étoit
avantageux ; plein de confiance ; déja il alloit demander
compte à la Princeffe de la faveur qu'elle venoit de lui faire
lorfque le jeu finit, & qu'on
vînt dire qu'on les attendoit
pour commencer l'Opéra. Jonquille y conduisît la Princeffe

toûjours lui parlant de ſa flamme, & elle, le laiſſant toûjours faire, puiſqu'il étoit écrit
par le deſtin qu'elle ne devoit,
ni ne pouvoit lui impoſer ſilence.

CHAPITRE XIII.

L'Opéra.

IL ſeroit difficile de bien dé-
crire l'Opéra de l'Iſle Jonquille. Kiloho-ée en quelques
endroits ſe plaint de la ſéche-
reſſe de l'Auteur Japonois qui,
à ſon tour, médit du Chéchia-

nien, ce qui suppose que sans parler des autres Traducteurs, le François se plaint de tous les trois, & que le Public se plaindra du dernier, & lui imputera, ou de s'être trop étendu sur des matiéres stériles, ou d'avoir passé trop légérement sur des objets intéressants. Mais, à moins de manquer de sincérité, le Traducteur peut-il donner des récits qu'il n'a pas trouvés; & s'il les imaginoit dans les circonstances où ils pourroient être nécessaires, ne se sentiroient-ils pas du siécle où il vît, & pour-

roit-il en se transportant même dans des tems aussi éloi-
gnés que sont ceux où ont vécu
ses héros, rendre parfaitement
des usages dont il ne reste plus
aucune connoissance ? N'est-il
pas plus à propos qu'il en prive ses Lecteurs, que de leur
débiter des fables dont ils sen-
tiroient bientôt l'absurdité ? Le
devoir d'un Traducteur fidele
n'est autre chose que de suivre
littéralement son Auteur, si
ce n'est que lorsqu'il ne l'en-
tend pas bien, il peut le péri-
phraser, le commenter, l'a-
juster ; le Traducteur de ce li-

vre avoüe franchement que
n'entendant pas parfaitement
fon Auteur, il lui a prété au-
rant de fottifes pour le moins
qu'il lui en aura épargnées;
qu'il eft devenu long, où le
Chinois étoit court; précis où
il ne l'étoit pas; obfcur où il
étoit clair; Railleur où il étoit
Moral; Galant où il étoit Phi-
lofophe, & que de toutes les
fautes qu'il a faites, il n'en fait
excufe, ni n'en demande pardon au Lecteur de quelque
façon que ce puiffe être, puifque le Livre n'en feroit pas
meilleur, & que cet aviliffe-

X iiij

ment ne le rendroit pas plus
eſtimable. Toutes ces raiſons
bonnes, ou mauvaiſes, feront
qu'on ne ſçaura qu'imparfai-
tement ce que c'étoit que l'O-
péra dont il eſt ici queſtion.
A qui s'en prendre? Un Hiſ-
torien imagine quand il écrit,
que la poſtérité ſera au fait
des uſages qui régnent de ſon
tems, & c'eſt ce qui fait qu'aujourd'hui, on ne ſçait que
par des conjectures, encore
très hazardées, qu'elle étoit la
façon de vivre particuliere des
Romains, & qu'une choſe de
cette importance occupe mille

Sçavans qui y emploient, fans fruit, leurs précieufes veilles. Après un exemple tel que celui-là; le Traducteur doit être excufé, & s'il ne l'eft pas, il ne s'en doit plus mettre en peine. S'il avoit à rendre raifon de toutes les impertinences qui font dans ce Livre, il ne finiroit point : Il eft donc à propos qu'il dife, pour terminer ce long raifonnement, auffi ennuïeux pour lui, que pour les Lecteurs, que dans l'Ifle Jonquille, vulgairement le Poëme d'un Opéra étoit ridicule, qu'il confiftoit en de

vieilles Fables doucereusement
r'habillées; qu'essentiellement,
le stile en étoit fade, & la Poë-
sie lâche ; qu'il ne s'y agissoit
ni de conduite ni d'intérêt,
que l'on y faisoit danser à tous
propos, les gens du monde
qui devoient danser le moins,
que la personne la plus affligée y venoit chanter ses peines, & que plus d'un héros
blessé à mort, venoit sur le
Théatre faire son testament,
avec un accompagnement de
fluttes : Qu'il y avoit des en-
trées de fleuves, & que le Dieu
le plus grand, souvent descen-

loit des Cieux uniquement
pour faire, ou pour dire une
fotife. Au refte, ce fpectacle
étoit magnifique & plaifoit
furtout par la décence qui y
régnoit. Toutes les Actrices
étoient Nymphes, & l'on en
trouvoit auffi bien dans les
chœurs, que dans les rôlles
principaux ; inftruites à joüer
toutes fortes de perfonnages,
tantôt veftales, tantôt prêtref-
fes de Venus, paffant de la
garde du feu facré, aux doux
myftéres d'Amathonte, fui-
vantes de la vertu, & de la
volupté, s'acquitant égale-

ment bien en Public de l'un, & de l'autre rôlle, ce n'étoit jamais qu'en particulier, que l'on sçavoit quel étoit celui des deux qui leur coutoit le plus ; elles ne découvroient pas à la vérité les secrets de leur art à tout le monde, l'amant le plus enflammé, & le plus aimable auroit marqué vainement de la curiosité. Le caprice même ne pouvoit rien sur elles ; l'ambition ne les séduisoit pas davantage, & il falloit qu'une divinité plus puissante que les autres, les déterminât à paroître ce qu'elles

oient. Ces foibles particu-
rités que Kiloho-ée nous a
onfervées de ce fpectacle fuf-
fent, à ce qu'on croit, pour
a donner une idée, & pour
iontrer aux Lecteurs com-
ien ces Actrices étoient loin
e la fageffe, & du définteref-
:ment qui font aujourd'hui
unique caractére des nôtres,
e combien les Poëmes de cet-
a Ifle, & leurs agrémens per-
roient auprès de ceux que
'on admire à préfent. En cas
u'une fi longue digreffion fît
erdre le fil de l'Hiftoire, on
apellera ici que Néadarné

alloit à l'Opéra, qu'elle y étoit
conduite par Jonquille, qu'il
lui tenoit des difcours dont
fa pudeur étoit allarmée, &
qu'elle les écoutoit avec patien-
ce, autant par politeſſe, que
par l'impoſſibilité de faire autrement. Auſſi-tôt qu'ils fûrent arrivez à l'Opéra, on le
commença. Quoique Cormo-
ran y fît des merveilles, ils n'en
fûrent amuſés ni l'un, ni l'autre. Jonquille étoit devenu
amoureux, & voulant tout
devoir aux fentimens de la
Princeſſe, fa conquête lui paroiſſoit douteuſe.

Néadarné de son côté, malgré sa passion pour Tanzaï, & sa vertu naturelle, commençoit à s'inquiéter. Devoit-elle refuser, ou non ? Retournera-elle auprès de son époux comme elle en est partie ? Mettra-t'elle en œuvre le secret de Moustache ? N'est-il pas pour la rétablir d'autre reméde que celui qu'on lui propose ? Peut-elle le prendre sans danger ? Ce Génie est aimable, & pour comble de malheurs, il témoigne qu'il aime ; sa tendresse est bien plus à craindre que sa puissance ! Quel crime pour

elle, si cédant enfin à la nécessité, son cœur l'approuve,
& s'y conforme; on est si fra-
gile; elle se trouve dans une
situation si délicate; ce malheureux Prince, objet de toute son ardeur, languit absent
d'elle : Il gémit de penser, seulement à ce qui lui doit arriver. Peut-être soupçonnera-
t'il son avanture ? Et, si le secret de Moustache n'est pas
bon ? Cependant il doit l'être;
le moïen ! qu'aïant besoin d'elle, cette Fée voulût la tromper ? Qu'il se trouve bon; en
est-elle moins coupable ? Mais,

ce

ce Prince, source de toutes ses inquiétudes, ne s'est-il pas livré aveuglément à la Fée Concombre ? Ne croïoit-il pas d'abord qu'une Déesse recherchoit ses empressemens, & quoiqu'il ait été puni de son infidélité, en a-t'elle été moins commise ? Il l'a à son retour païée d'un songe, n'appartient-il qu'à lui de rêver ? Cependant, si elle le lui rend, la croira-t'il ? Qu'importe après tout, & de quel droit, coupable comme il l'est, osera-t'il lui reprocher une faute involontaire, quand la sienne

II. P.   Y

ne l'a pas été ? Pourquoi a-t'il couché avec Concombre ? Cette idée fût la derniere de la Princesse, & le souvenir de son injure lui fit presque voir la vengeance nécessaire. Tant il est dangereux d'avoir tort avec les femmes ! il est pourtant vrai au fonds, que tort, ou non, cela revient souvent au même. Jonquille, comme l'on doit voir, ne perdoit point à ce petit raisonnement que la Princesse faisoit en elle-même. Il avoit observé tous ses mouvemens, & le regard qu'elle lui avoit lancé en finissant de

fe rendre compte, l'avoit inftruit de fes derniéres difpofitions à fon égard. Quoiqu'il
eut fait femblant avec la Prin-
cefse d'ignorer la raifon qui la
conduifoit chez lui, il en avoit
été inftruit à fonds par Concombre qui, en lui faifant valoir la beauté dont elle lui af-
furoit la poffeffion, ne lui avoit
déguifé aucune circonftance
de l'avanture. Ce n'avoit été
fans doute que pour mieux
pénétrer les fentimens de Néadarné qu'il l'avoit obligée à
raconter elle-même fon Hiftoire; peu accoutumé à fe pren-

dre de sentiment, il n'avoit
songé d'abord qu'à se rendre
heureux malgré la répugnance de Néadarné ; mais depuis,
son extrême beauté, sa vertu,
& sa modestie, lui avoient
donné des desirs plus étendus.
L'amour qu'elle avoit pour un
autre ne servoit qu'à donner
plus de vivacité au sien. Il
imaginoit un plaisir extrême à
chasser Tanzaï du cœur dont
il étoit maître, & plus la victoire lui parût difficile, plus
il fût flatté du triomphe. En
effet, se disoit-il, quel plaisir
seroit-ce pour moi que celui

de poffeder une beauté qui,
defefpérée d'être entre mes
bras, n'y poufferoit pas un
foûpir qui ne fût l'interprête
de fa douleur, qui me repro-
cheroit mes empreffemens ;
qui toute entiére à un autre,
accablée de la violence qu'elle
fe feroit, ne leveroit fur moi
que des yeux qui tout baignés
de larmes qu'ils feroient, m'ex-
primeroient fon indignation,
& l'horreur qu'elle auroit pour
moi. Ah ! quelle différence
de devoir à fes foins des momens fi tendres, d'être l'Auteur de fa félicité, de faire

celle d'une beauté chérie , de
joüir de ses transports, de son
desordre , de lui entendre bé-
guaïer qu'elle vous adore, de se
sentir serrer avec volupté dans
ses bras, d'égarer son ame avec
la sienne, de la voir, confon-
duë dans de si doux plaisirs ,
se perdre elle-même , & vous
chercher encore! d'éprouver
les plus charmantes caresses ,
de lire dans ses yeux troublés,
l'excès de sa sensibilité, & de
son amour? Ah Néadarné !
quelle autre que vous, donneroit mieux ces plaisirs? Quel
bonheur de vous inspirer tout

l'amour que vous faites naître!
quoi! je vous verrois entre mes
bras, dépoüillée de cette vertu
sévere que vous opposez encore à ma flamme; Jonquille!
l'heureux Jonquille!.... Ah!
il en mourroit de joïe. Mais,
adorable Princesse, ne détournez pas ces yeux charmans,
laissez moi m'enniyrer de la
douceur d'en être regardé;
hélas! j'y lis moins de colere,
mais que j'y trouve encore
d'indifférence! Pendant tout
ce beau Monologue, Jonquille regardoit la Princesse, & la
Princesse en effet ne fuïoit pas

les yeux de Jonquille. On joüoit en cet inftant un mor-çeau de Mufique fi tendre que fon cœur, déja difpofé, ne pût y réfifter. Le Génie lui prît la main, il la baifa, mais avec une expreffion fi vive que Néadarné touchée de tant d'a-mour, lui ferra à moitié la fienne. Ils étoient tous deux renverfés dans le fonds de la loge, elle étoit peu éclairée; malheureufement pour elle; un rideau de Gâze les déro-boit aux Spectateurs. Jonquil-le, hors de lui-même, s'ap-procha, le baifer le plus en-

flammé

flammé pris par lui fur la
bouche de Néadarné, la retira
de fon trouble pour l'y replon-
ger mieux encore. Tant que ce
défordre dura, Jonquille pref-
foit amoureufement les lévres
de la Princeffe, & devînt enfin
fi entreprenant que Néadarné
revenant à elle-même, fe re-
etta fur le bord de la Loge, &
ramena fa vertu de la plus dangereufe occafion, où elle fe fût
jamais trouvée. Qui le croiroit? qu'on courût tant de rifque à l'Opéra? Jonquille, au
defefpoir d'un retour fi peu
attendu, reparût auprès de la

II. P.   Z

Princesse , & tous deux ſi
égarés que ſa Cour ne pût
s'empêcher d'en ſoûrire.

Néadarné qui remarqua ce
mouvement malin , rougît ,
& fût déconcertée au point
que ſi l'Opéra ne fût venu à
finir , elle auroit aſſurément
quitté la place. Elle étoit ſi
honteuſe de ce qui venoit de
ſe paſſer qu'elle ne répondît
rien à Jonquille , ni ne voulût le regarder , même dans
les jardins où il la mena ,
pour lui donner le plaiſir d'un
feu d'Artifice ſuperbe qu'il lui
avoit fait préparer. O vertu !

quel est donc ton empire? Si
le plaisir t'offense, si toi seule
dois remplir une ame, ou
chasse-l'en tout à fait, ou ne
donne pas des remords!

CHAPITRE XIV.

Combien il est dangereux pour
les femmes d'être peureuses.

JOnquille étoit pourtant
bien mal-adroit, ou bien
hardi, de proposer à la Princesse, après ce qui venoit d'arriver à l'Opéra, d'entrer dans
un Bosquet pour y voir le feu.

Z ij

Pouvoit-il imaginer qu'elle le
voulût bien ? Cependant elle
y entra. Elle fût choquée, à
la vérité, de trouver ce Bofquet extrémement fombre,
pendant que le refte des jardins étoit illuminé de façon
qu'à peine l'on pouvoit croire
que le Soleil n'éclairât plus. A.
propos de quoi, dit-elle au
Génie, l'endroit où vous me
conduifez, eft-il fi obfcur ?
Nous en verrons le feu avec
plus d'avantage, répondit-il;
je n'en fçais rien, reprit elle.
N'en doutez pas, Princeffe,
dit-il, c'eft une expérience de

Phyſique. Elle n'inſiſta plus,
ne ſçachant s'il diſoit vrai,
ou non ; mais, elle réſolût de
le punir de ſa témérité, en
cas qu'il voulût abuſer de l'ob-
ſcurité du lieu où ils ſe trouvoient tous deux. Je ſerai bien
aiſe, ſe diſoit-elle, de lui faire voir combien il ſe trompe,
s'il croit me trouver ſenſible.
Il verra , que tout aimable
qu'il eſt, ma vertu vaut bien
ſes agrémens ; elle étoit encore à prendre cette réſolution,
lorſque Jonquille la pria de
s'aſſéoir ſur un lit de Gâzon, &
de fleurs, qui étoit la ſeule com-

modité que l'on eut dans ce
Bosquet. Néadarné s'y plaça,
& le Génie, en soûpirant, se
mît auprès d'elle. Elle étoit
interdite ; & Jonquille, dans
une émotion qu'il n'avoit jamais sentie, ne sçût d'abord
que lui dire. L'amour est violent quand il inspire le respect, mais pour les plaisirs
d'un amant, & pour la commodité d'une femme, c'est
l'amour du monde le moins à
desirer. Jamais il ne devine,
ni ne saisit l'instant, toûjours
tendre, & embarrassant, il
fait des protestations de déli-

catesse, où peut-être il ne seroit pas puni pour en manquer. Avec toute la condes-
cendance possible, que peut
faire une femme à qui l'on
parle d'une passion desinteres-
sée ? Exhortera-t'elle à la perdre, ou à demander une récompense, quand, de soi-même, l'on s'en détache ? Jonquille n'ignoroit rien de tout
cela, & si Néadarné étoit en-
trée dans le Bosquet avec l'air
qu'il lui avoit vû à la fin de
l'Opéra, il n'auroit pas été si
timide. Mais elle avoit fait ses
réfléxions ; sa physionomie

étoit redevenuë auſtére , &
impoſante , & il craignoit
qu'en voulant la preſſer trop ,
elle ne s'armât d'une ſévérité
dont elle auroit d'autant plûs
de peine à ſe dépoüiller qu'elle auroit plus éclaté. Avec toute ſa retenüe, il avoit ſaiſi la
main de Néadarné , il ſoûpi-
roit, & la Princeſſe impatientée de ſe ſentir toûjours la main
ſerrée , prit ſon texte là-deſſus
pour ouvrir la converſation.
Seigneur , lui dit-elle , ma
main vous embarraſſe, & je
ſuis gênée de vous la voir tenir. Ah Princeſſe ! s'écria-t'il,

m'enviez-vous cette fatisfaction ? Elle n'eft rien pour vous,
c'eft tout pour moi : fi vous ne
l'accordez pas à mon amour,
pouvez-vous la refufer à mon
refpect ? Il eft au-deffus de
toute expreffion. Je ne me reconnois plus, moi, que les
plus grandes beautez trouvoient infenfible ! qui aurois
cru les honorer en daignant
les regarder ! foumis auprès de
vous, pénétré de l'amour le
plus violent, je n'ofe pas même efpérer la plus légére faveur. Ce n'eft pas encore affez
pour vous de m'accabler de

votre indifférence, vous me
haïſſez. Plus je montre d'a-
mour, plus j'excite de colere.
Ah ! pourquoi avez vous cherché le malheureux Jonquille ?
Rien ne troubloit ſon repos.
Pourquoi a-t'il vû vos funeſtes
charmes ? Mais, que dis-je ?
Pourquoi me plaindre d'une
paſſion qui, toute malheureuſe
qu'elle eſt, fait encore ma félicité ? Ah ! par pitié, tournez
les yeux vers moi. Ce n'eſt
point un ennemi qui vous parle, c'eſt l'amant le plus tendre, & le plus paſſionné, qui
tout entier à vous, malgré vos

népris, voudroit pouvoir retrancher de ses jours, ceux
qu'il a passés sans vous adorer.
Est-ce moi, crüelle ! que vous
devriez haïr ? Ah je ne vous
hais pas ! S'écria Néadarné
d'un ton attendri, mais puis-
je vous aimer ? Ce cœur que
vous me demandez, est-il à
moi ? Peut-il oublier celui à
qui il s'est donné ? Son image,
cette image si charmante ! en
peut-elle être effacée ? Si vous
m'aimez autant que vous le
dites, faites donc éclater votre générosité, détruisez un
fatal enchantement, n'en pré-

rendez point cette odieuse sou-
miſſion à laquelle vous voulez
que je m'abaiſſe: à ce prix je
reconnois que vous m'aimez.
Ce n'eſt pas, je le ſens bien,
un effort ordinaire que celui
que je vous propoſe, mais, à
qui, pour une ſi belle action,
puis-je mieux m'adreſſer qu'à
vous ? Vous détournez vos
yeux, vous ſoûpirez; ah ! mes
priéres ne peuvent rien ſur
vous. Oüi Princeſſe je ſoûpire,
répondit Jonquille, & cela
pourroit bien m'être permis
après ce que je viens d'entendre. Ce n'eſt cependant pas

ion malheur qui m'arrache
es soûpirs, c'est l'impossibili-
é où je suis de faire ce que vous
esirez. Mon pouvoir, sans
ornes en toute autre occa-
ion, a dans celle-ci des limi-
es qui me désespérent. Ne
roïez pas que ce soit mon
mour intéressé qui me dicte
e refus, je vous jure par vous-
même qui êtes ce que j'ai de
lus cher, & de plus sacré,
que s'il dépendoit de moi de
vous rendre, sans aucune condition, ce que vous avez perdu,
quelque chose qu'il m'en cou-
tât, vous seriez satisfaite. Le

Génie prononça ces paroles
d'un ton si pénétré, que Néadarné ne pût douter qu'il ne
dît vrai. Pendant qu'il avoit
parlé, il avoit approché la
main de la Princesse, de sa bouche, elle se l'étoit senti moüil-
lée de larmes, & ces témoi-
gnages de la sincérité, & de
l'amour du Génie l'attendris-
sant, elle soûpira, & ses réso-
lutions s'affoiblirent. Ah Jonquille ! Jonquille ! lui dit-elle,
quand même je croirois ce que
vous me dites, quand vos larmes me paroîtroient sincéres,
qu'importeroit-il pour tous

deux ? Pourquoi vous obstiner
à toucher un cœur déja prévenu, & au point, que malgré l'attendrissement que vous
lui inspirez, la passion dont il
est rempli, n'en est pas un
moment distraite ? Je crois
pourtant pouvoir vous avoüer
sans crime que sans cette premiere flamme, il auroit peut-
être été touché de votre ardeur. Cet aveu n'en entraîne-
ra point d'autre, & dans ce
séjour dangereux, ma vertu
n'aura à rougir de rien. Il y a
apparence que Néadarné en
disant ceci, ne se souvenoit

point de ce qui s'étoit paſſé à
l'Opéra, ou qu'elle croïoit
que pourvû qu'on évite la derniere occaſion, ce n'eſt rien
que tout le reſte.

Eh bien, Madame, reprit
le Génie, n'en parlons plus,
quoique mon amour ne doive
pas être récompenſé, je n'en
veux pas moins vous prouver
qu'il eſt ſincére. Peut-être
qu'en ma faveur, le deſtin ré-
voquera cet Arrêt qui vous paroît ſi funeſte, je n'ôſe m'en
flatter. Mais j'y emploïerai
tous mes ſoins. Je ne ſerai pas
du moins le ſujet de vos pleurs.

Un

Un autre Génie que moi, qui n'égale en puissance, & qui partage mes fonctions, sera choisi, sans doute, pour remplir ma place auprès de vous. Vous vous sentirez peut-être, moins de répugnance pour lui, que pour moi. Ah Jonquille! s'écria la Princesse, qu'avec un autre que vous, ma guérison seroit impossible! Quand Jonquille n'auroit été que poli, auroit-il pû entendre de si douces paroles sans remercier la personne qui les lui auroit adressées; aussi, Néadarné qui les lui avoit dites sans penser

II. P.   A a

que cela tireroit à conféquence, fût très-étonnée lorfque
Jonquille la preffant tendrement entre fes bras, plus vif
qu'il n'avoit été refpectüeux,
voulût fe livrer à toute fon ardeur. Cette fituation étoit
d'autant plus embarraffante
pour la Princeffe qu'elle étoit
dans cet inftant extrémement
touchée, & de la tendreffe du
Génie, & des fentimens généreux qu'il lui avoit montrés.
Rien n'eft fi dangereux pour
les femmes qui font nées avec
un cœur fenfible, que cet état
d'attendriffement où Néadar-

né fe trouvoit alors. Le malheureux qui, dans ce moment
ôfe les preffer, arrache quelque fois autant de leur compaffion que leur amant obtient
de leur tendreffe. Le triomphe n'en eft pas fi doux, mais
il s'en faut peu qu'il ne foit le
même. Qui fçait encore, fi ce
qu'alors, elles appellent pitié,
n'eft point amour ? Dans un
état auffi violent, peuvent-
elles connoître bien la nature
du mouvement qui les agite ?
Une coquette ne tomberoit
pas dans cet inconvenient,
fon ame n'eft pas capable d'u-

ne ſi tendre impreſſion, il n'appartient qu'à une femme eſtimable d'en être ſuſceptible. Néadarné, qui étoit une de ces femmes là, ne ſçavoit plus que dire à Jonquille ; l'irréſolution dura quelque tems, mais la vertu revînt, & le Génie ſentît par la vive réſiſtance de Néadarné, qu'en vain il prétendroit ſe la rendre favorable. Qu'on eſt embarraſſé avec une femme vertüeuſe ! c'eſt bien pis encore avec celles qui font ſemblant de l'être. Jonquille étoit véritablement dans une ſituation digne de pitié. Néadarné irritée contre lui, pour lui prouver plus de colere, s'amufoit des fufées qui commençoient à s'élever dans les airs, il n'ofoit plus s'approcher d'elle ; Concombre attentive à tout ce qui fe paffoit, invifible pour Néadarné, s'approcha du Génie, & après lui avoir reproché fon impertinente timidité, profite, lui dit-elle, du fecours que je vais te donner. Acheve ma vengeance, & tes plaifirs. Prend garde à ce que je vais faire.

Prenant, à ces mots, la figure d'une groffe Araignée, elle fe gliffa fous la robe de la Princeffe. Néadarné ne la fentît pas plûtôt qu'elle pouffa des cris horribles. Ah Seigneur! dit-elle à Jonquille, je me meurs, une Araignée! ah! fecourez-moi, délivrez-m'en, ajouta-t'elle à demi évanoüie. Jonquille qui ne douroit pas qu'il n'y eut plus de fottife que de fentiment à ne pas profiter de la bonne volonté de Concombre, fçachant le chemin que l'Araignée avoit pris, la chercha où elle devoit être. Cette re-

cherche ne pût fe faire fans
offrir à fes regards des beautez
plus parfaites encore qu'il n'a-
voit pû les imaginer , des
beautez qui perdroient tout à
être décrites , le fûffent-elles
par l'amour même ! Le plaifir
que cette vûë lui donnoit , le
plongea dans un égarement
dont il auroit eû tout à craindre , s'il eut été moins amoureux. Ce léger retardement
ne fût pas fenti par la Princeffe qui, encore évanoüie, lui
laiffoit tout le tems dont Concombre avoit befoin pour a-
chever l'infortune de Tanzaï.

Déja l'enchantement de Néadarné étoit à demi diffipé,
lorfqu'elle revint à elle. La
peur qu'elle avoit eûë de l'A-
raignée, n'étoit rien auprès
de celle qui la faisît, lorfqu'elle vît Jonquille entre fes
bras; il ne s'étoit pas préparé
à un retour fi prompt, & ce
fût fans peine qu'elle fe déroba
à fes emportemens. D'autant
plus malheureufe en cela,
qu'un inftant plus tard, elle
étoit defenchantée fans offen-
fér fa vertu, & qu'elle n'eut
pas un affez grand ufage du
monde pour faire durer fon
évanoüif-

évanoüiſſement, autant qu'il
auroit été néceſſaire. Ah traître ! dit-elle à Jonquille, ſont-
ce-là les effets de cette délicateſſe que tu m'avois tant van-
tée ? La confuſion du Génie
ne lui laiſſa pas la force, ni de
demander pardon à Néadar-
né, ni de la retenir lorſqu'elle
voulût ſortir du Boſquet. Il
ne fût pas plus prompt à ré-
ſoudre s'il devoit lui laiſſer le
tems de ſe calmer, ou s'il devoit la rejoindre, il prit enfin
le dernier parti. Le feu duroit
encore, & à la lüeur qu'il répandoit de tous côtés, il vît

LL. P.   B b

Néadarné peu loin du Bof-
quet, appuïée contre une fta-
tüe, & dans l'attitude de quelqu'un qui rêve triftement. Il
fût plûtôt à fes genoux qu'elle ne l'eut apperçu, & les em-
braffant d'une façon tout à la
fois timide, & fuppliante;
voici le coupable, dit-il: Divine Princeffe, votre courroux
eft jufte, je mérite toute votre
indignation. Ah laiffez-moi,
perfide! s'écria-t'elle, laiffez-
moi, je ne dois plus, je ne
veux plus ni vous voir, ni
vous entendre! Oüi, répéta-
t'il, je fuis coupable, je pour-

ois vous dire , pour affoiblir
non crime, qu'à ma place, per-
onne n'auroit pû s'empêcher
le l'être , mais je ne fens que
rop que ma juftification fe-
oit inutile , & qu'il eft tems
[ue je vous délivre d'un objet
dieux ; je parts , mais daignez
laindre quelque fois le fort
e l'amant le plus tendre , il
ous auroit moins offenfée ,
il vous avoit aimée moins
ivement. En achevant ces
aroles , Jonquille en effet dif-
arût. Néadarné enflammée
e colere ne voulût pas le re-
enir , & refta appuïée contre

la ſtatuë ; elle croïoit que ſa
haine ne pouvoit pas finir ;
mais voïant après une demie
heure que le Génie ne repa-
roiſſoit pas ; l'inquiétude commença à l'agiter ; Elle ſongea
au bût de ſon voïage , & en
maudiſſant la nature du remede, elle n'en reconnût pas
moins la néceſſité. Prince
s'écria t'elle , cher époux ! objet unique de toute ma tendreſſe ! tu me fais ſans doute
à préſent l'injuſtice de penſe-
que, plongée dans les plaiſir
les plus viſs , infidelle à to-
ſouvenir , & à notre amour

fi dans les bras d'un autre, je me rapelle ton idée, ce n'eſt que pour le faire triompher davantage. Tu formes peut-être le projet de me haïr toûjours, pendant que toi-ſeul me réduis dans l'état le plus affreux ! ah cher Prince ! reçois mes ſoupirs, hélas ! je n'en ai encore pouſſé que pour toi. Mais, Jonquille, ajouta-t'elle par un retour ſur elle-même, Jonquille ne paroît pas. Etrangere en ces lieux, qu'y deviendrai-je ? il eſt coupable, mais l'eſt-il tant, & dans l'état où je me ſuis miſe avec lui,

pouvoit-il fe contenir ? C'eſt
ma peur que j'en dois accuſer,
peur ſi vive ! que malgré ce
qu'elle vient de me cauſer, la
premiére Araignée m'en feroit peut-être encore faire autant. Ah Jonquille revenez !
Si vous m'aimiez encore, ne ſe-
roit-ce pas aſſez pour vous retrouver que je vous deſirâſſe ?
Revenez ! je vous pardonne.
A des paroles ſi preſſantes, le
Génie reparût. Néadarné, en
le revoïant, pouſſa un cri de
ſurpriſe ; il lui demanda encore pardon de ce qui s'étoit
paſſé ; en perſonne noble, elle

lui accorda sa grace , & ils
reprîrent tous deux le chemin
du Palais , sans que Jonquille
osât lever les yeux sur elle , ni
qu'elle daignât non plus le
regarder. Bien des gens dans
cette occasion ont donné plus
de tort à Néadarné qu'à Jonquille , ils trouvoient qu'elle
avoit autorisé l'insolence du
Génie , en le mettant à une
épreuve à laquelle il n'y a
personne qui n'eut succombé.
Cela pourroit cependant demander plus de réfléxion ; &
avant de condamner Néadarné si décisivement, il faudroit

faire juger la chose par une
belle qui eut une horreur invincible pour les Araignées,
& qu'elle dît de bonne foi si,
en pareil cas, elle auroit pris
l'animal, ou si aïant son amant
auprès d'elle, au reste amant
maltraité, elle lui auroit ordonné de le prendre.

CHAPITRE XV.

Qui prépare à de grandes choses.

L A modestie de Néadarné,
& la timidité de Jon-
quille leur faisoient joüer un
bien pitoïable personnage,

d'autant plus fot encore, qu'il
falloit que cela finît, & que
les façons font ridicules, où
elles ne fervent de rien. Car,
que l'on permette une réfléxion toute fimple : ou elle vouloit être defenchantée; ou elle ne le vouloit pas? Si elle
étoit contente de fa fituation,
ou du moins qu'elle la fuppor-
tât patiemment, à propos de
quoi chercher Jonquille, &
puifqu'elle l'avoit cherché,
pourquoi ne terminoit-elle
pas avec lui? Mais la délicateffe, dira-t'on, vouloit qu'au
moins elle combattît; & puis,

ce Jonquille qu'on lui propofe
pour une chofe de cette nature, eft une perfonne qu'elle
n'a jamais vû. Paffe encore fi
c'étoit quelqu'un que l'on connût un peu ; d'ailleurs, il veut
du fentiment, c'eft le cœur
qu'il attaque, & d'une affaire
paffagére, il en veut faire une
réglée: On ne peut pas s'en
fauver à moins, & quand
même on voudroit fe rendre,
doit-on fe rendre tout d'un
coup? On peut n'avancer rien
de trop quand on dira que
cette derniére idée n'étoit pas
celle qui occupoit le moins

Néadarné, & cela, par des raisons qu'on trouveroit ici, n'étoit qu'elles sont déja dans un autre endroit de ce livre. Jonquille, qui devinoit, à peu près, les mouvemens qui agitoient la Princesse, ennuïé d'une si longue résistance, & ne doutant pas que, plus il lui marqueroit d'empressemens, plus elle s'armeroit de sévérité, résolût de lui paroître moins amoureux, & d'attendre que la nécessité inspirât à Néadarné, une résolution conforme au bien de ses affaires. Ce ne fût pas sans peine qu'il gagna sur lui-même de paroître indifférent. Les nouveaux charmes qu'il avoit découverts à la Princeſſe dans l'avanture du Boſquet, avoient augmenté ſes déſirs, mais plus ils étoient ardents, plus il crût que pour les ſatisfaire, il devoit les diſſimuler. Il connoiſſoit le cœur, & il étoit ſûr qu'en bleſſant là vanité de Néadarné, il l'engageroit à aller plus loin qu'elle ne voudroit. Sur ce principe, en la remenant au Palais, il affecta de jetter dans ſes excuſes un air de froideur qu'un amant n'a pas quand il ſe juſ-

cise, & en jurant à Néadarné,
un respect éternel, il mît dans
ses protestations une sorte d'i-
ronie qui lui fît croire que le
Génie avoit apparamment
trouvé des raisons pour être
plus retenu. Cette reflexion
lui donna de l'aigreur, elle
répondit au Génie avec sécheresse, elle redoubla quand
elle vît qu'il ne s'en plaignoit
pas; & lui, sans témoigner
qu'il s'en apperçût, la quitta
après qu'il l'eut reconduite
dans son Appartement, &
sortît d'un air si détaché, que
pour le coup, elle s'abandon-

na à fon indignation. Toute
la Cour de Jonquille,qui étoit
auprès d'elle , ne pût un moment la diftraire. Quoiqu'elle
eut été outrée contre le Génie
de fon manque de refpect , elle n'avoit pas douté un inftant
qu'il n'en fût devenu plus
amoureux ; elle fe rappelloit
fes tranfports avant l'Araignée , & en les comparant
à l'infultante froideur dont
après il l'avoit accablée , les
chofes les plus mortifiantes
lui pafférent dans l'efprit. Ciel!
fe difoit-elle, être méprifée à
ce point. Voir tant de defirs

s'évanoüir, après une occasion qui auroit dû leur donner tant de vivacité! quelle
peut donc être la caufe d'une
indifférence fi fubite? Mais
que m'importe après tout le
dégoût que je lui infpire? Ne
fuis-je pas trop heureufe de
ne lui plaire plus? Sans doute,
c'eft l'unique moïen de ne
point offenfer mon époux. Ah'
Mouftache! Mouftache! que
vous vous trompiez quand
vous croïiez que ce Génie feroit fi dangereux pour moi,
& que votre fecret me fera ici
de peu d'ufage. Elle rêvoit

encore profondément, lorfque
Jonquille rentra ; il avoit fait
de fon côté, des réfléxions nouvelles, il avoit compris qu'il
ne falloit pas humilier long-
tems la Princeffe, & qu'en lui
laiffant croire davantage fon
refroidiffement, elle prendroit
de l'averfion pour lui. S'il n'é-
toit pas fûr d'être aimé, il
étoit certain du moins de n'ê-
tre haï. Il falloit cultiver ces
heureufes difpofitions, & il
n'étoit pas encore affez bien
dans le cœur de Néadarné
pour pouvoir, fans rifque pouffer loin ce manége. Il n'appartient

partient qu'aux amans favori-
fés d'avoir des façons mépri-
fantes ; & d'ailleurs , il commençoit à être fûr de fa conquête : il pouvoit du moins
entreprendre tant qu'il voudroit, il n'ignoroit pas qu'a-
près ce qui s'étoit paffé entre
eux-deux, Néadarné ne réfi-
fteroit pas tant, que les libertés
qu'il avoit prifes avec elle , lui
ouvriroient le chemin à de plus
grandes ; & qu'une femme
enfin que l'on a mife une fois
dans une fituation hazardée,
n'eft plus en droit de fe fâcher
qu'on l'y remette. Jonquille

II. P.   Cc

abordà donc la Princesse avec
un air animé; elle ne s'attendoit pas à lui trouver tant de
passion, & malgré la vertu qui
l'obsédoit encore, elle ne fût
pas fâchée de s'être trompée
dans ses conjectures. Je ne
vous fais point d'excuses, lui
dit-il, de vous avoir quittée;
vous ne m'en faites point de
reproches. J'ai pensé, répondit-elle, que vous aviez vos
raisons pour le faire. Ah que
vous me justifiez aisément,
Madame! reprit-il. Eh quoi!
dit-elle, voudriez-vous que je
vous trouvâsse coupable quand

vous ne l'êtes pas? Cela seroit injuste. Oüi je le voudrois,
reprit il, une injustice de cette nature, me prouveroit de la
fensibilité, & plus vous me
trouveriez criminel, plus vous
me rendriez content. Je ne
croïois pas, reprit-elle, avoir
befoin de vous chercher des
crimes, & si pour vous satis-
faire, il ne faut que vous gron-
der, je n'ai befoin que de mémoire pour le faire long-tems.
A propos de cela, répondit
Jonquille, je fuis bien trompé
fi je ne me fuis excufé plus que
je ne devois, ce n'est pas que

je n'aïe eû tort, mais c'eſt qu'il
étoit impoſſible de ne pas l'a-
voir, & qu'à mons ſens, je ferois bien plus coupable envers
vous, ſi je l'avois moins été.
Que j'aurois perdu, Madame,
à être reſpectüeux ! continua-
t'il, que de graces ! que de
charmes ! non, il n'eſt rien
qui vous égale ! Finiſſez vos
éloges, dit-elle en roûgiſſant,
laiſſez-moi oublier, oubliez
vous même ce que je ne puis
vous pardonner tant que nous
nous en ſouviendrons tous
deux. Mais, eſt-il bien vrai,
reprit Jonquille, que votre ri-

gueur subsiste encore ? Si je ne
puis me flatter d'un sort plus
doux, que vous me rendrez
malheureux ! & qu'il vaudroit
bien mieux pour moi, si je
dois toûjours être l'objet de votre haine, d'ignorer tous les
attraits dont vous me défen-
dez de parler ! Jamais, Madame, je n'en perdrai le souvenir, toûjours occupé d'un moment qui auroit été si doux
pour moi si vous l'aviez voulu, en me rapellant les plaisirs
dont il me combla, je me
plaindrai sans cesse de ceux
que votre cruauté m'a fait per-

dre. Eh bien , répondit-elle
en foûriant , ne vous éxagerez
point ce dont vous avez joüi ,
& ce qui vous a manqué ; vous
n'aurez plus rien à defirer. Je
ne m'éxagére rien , Princeffe,
répondit vivement Jonquille,
& mon imagination , fans
doute , eft bien loin encore du
bonheur que vous me pour-
riez faire , au nom des Dieux ,
confentez-y. Non affurément,
dit-elle. Eh bien , continua-
t'il, permettez-moi d'agir fans
votre confentement. Ce feroit
bien pis , reprit-elle , fi cela
arrivoit, vous ne me devriez

point de reconnoiffance, &
du moins je voudrois... Mais
de quoi vais-je m'inquiéter, il
vaut mieux que vous ne me
deviez rien, vous en ferez
moins ingrat. Moi ingrat ! s'é-
cria-t'il, ah Madame ! fi vous
fçaviez combien vos bontez
redoubleroient mon amour,
vous ne balanceriez pas un
moment à m'en accabler. Je
vous ai déja dit que j'aimois
un autre que vous, reprit-elle
doucement, que voulez-vous
que je vous donne ? Que tout
ce que le deftin veut que vous
me donniez, reprit-il, me foit

donné par vous, & que je n'aïe point la honte de le remercier d'un bonheur dont je voudrois n'avoir obligation qu'à vous feule. Eh bien ... Nous verrons, repartit-elle, embarraffée de cette converfation, mais ne me parlez plus de rien, je ne veux, ni ne dois rien prévoir. Néadarné, en finiffant ces paroles, alla prendre un Luth qu'elle vît dans le fallon, & refolût de s'en occuper croïant avoir beaucoup gagné d'empêcher Jonquille de lui parler davantage. Jonquille de fon côté fe prépara à l'écouter,

ter ; content de l'avoir raſſurée
ſur ſes charmes ; & ſûr que ce
n'étoit pas peu d'avoir pû l'entretenir de l'affaire du Boſquet,
ſans qu'elle s'en fût fâchée.
Néadarné commença donc à
pincer le Luth ; mais ſi tendrement , & elle chanta en même tems avec tant de graces,
que Jonquille, hors de lui-
même , eut toutes les peines
du monde à contenir ſon ardeur ; & que Cormoran en-
chanté de la Princeſſe, fût obligé d'avoüer que ſa Vielle, &
ſon Tympanon étoient bien
au-deſſous du Luth, quand cet

II. P.   D d

inſtrument étoit touché avec
tant de préciſion, de brillant,
& de délicateſſe. Le ſouper
vînt interrompre ces plaiſirs,
& en fournir d'une autre eſ-
pece. Néadarné qui comman-
doit en Souveraine, voulût que
Cormoran ſe mît à table, le
Génie, pour plaire à ſa divinité, le voulût bien. Cormoran qui avoit beaucoup d'eſprit, quoiqu'il l'eut ſingulié-
rement tourné, fût très amu-
ſant. Néadarné qui commençoit à prendre du goût pour
cette eſpéce d'eſprit, & qui
cherchoit à s'étourdir ſur ſa

fituation préfente, lui répondit très-bien dans le même
genre, & Jonquille prenant le
même ton, ils poufférent fi
loin le rafinement des expref-
fions, & la fingularité des
idées, qu'à la moitié du repas,
aucun d'eux ne s'entendoit
plus. Malgré l'envie que la
Princeffe avoit de prolonger le
foûper, il finît; & après une
partie de Berland que Jonquille lui accorda par grace,
il la conduisît dans fon Appartement; & en l'affûrant
d'un prompt retour, il la laiffa
entre les mains de fes femmes

à qui il ordonna d'ufer de diligence , & de mettre bientôt Néadarné en état de répondre à fa flamme.

***

CHAPITRE XVI.

Diſtraction de la Princeſſe.

NEadarné friſſonna en entrant dans cette Chambre fatale ; il n'étoit plus queſtion pour elle de s'éloigner le péril, elle le voïoit prochain, le Génie alloit rentrer : Elle ſentoit avec douleur qu'elle ne le haïſſoit pas, & ſe crai-

gnoit d'autant plus , qu'elle é-
cartoit l'idée de Tanzaï quand
elle se présentoit avec trop
d'avantage. Quelque amour
qu'elle eut pour son époux ,
elle ne pouvoit se dissimuler
les graces de Jonquille , & sa
supériorité en tous genres , sur
le Prince de Chéchian. Quelquefois , elle pensoit qu'elle
devoit s'abandonner à sa situation , puisque rien ne pouvoit
l'en sauver , mais la vertu re-
prenant le dessus lui faisoit re-
jetter cette idée ; souvent aussi,
elle s'y abandonnoit avec plaisir. Quand cela m'arriveroit,

se disoit elle, qui en instrui-
ra mon époux? Le secret de
Moustache ne me met-il pas à
l'abri de ses soupçons? Mais,
quand je pourrois lui cacher
mon deshonneur, puis-je l'i-
gnorer, & des remords éternels ne me puniront-ils pas de
mon crime? De mon crime!
ai-je cherché à le commettre?
N'est ce pas un oracle qui
m'envoie dans ces lieux? En
proïe aux desirs du Génie, n'y
puis-je pas être livrée sans partager ses transports; & quand
même je les partagerois, seroit ce ma faute? Puis-je ré-

pondre des mouvemens de la nature, fa fenfibilité eft-elle mon ouvrage ? Si l'ame devoit être indépendante des fentimens du corps, pourquoi n'a-t'on pas diftingué leurs fonctions? Pourquoi les refforts de l'un font ils les refforts de l'autre? Ah fans doute ! Cette bizarrerie n'eft pas de la nature, & nous ne devons qu'à des préjugés ces diftinctions frivoles. Si elles étoient véritablement en nous, foumifes à nos volontez, dépendantes d'elles, elles ne nous domineroient pas. Pourquoi cette lu-

Dd iiij

miére qui nous fait appercevoir le bien, ou le mal, n'eſt-
elle pas aſſez puiſſante pour
nous guider ? Quel avantage
eſt-ce pour moi que ce diſcer-
nement qu'elle me procure, ſi
me laiſſant toûjours en liberté
de choiſir, ſon impulſion ne
détermine pas? & ſi ce choix
eſt en ma puiſſance, pourquoi
m'oblige-t'on aux remords?
Non, les Dieux ne ſont pas
aſſez injuſtes pour nous punir d'un mal qu'ils pouvoient
nous empêcher de commettre:
Puiſqu'ils ſont les auteurs de
la nature, ils connoiſſent ſans

doute fon pouvoir, c'étoit à eux
à mettre en nous ce raïon
divin, cette force intérieure
contre laquelle nos efforts auroient été vains. Nos devoirs a-
lors fe feroient confondus avec
nos mouvemens ; cette tyran-
nie falutaire nous auroit rendu plus parfaites, plus dignes
d'être leur Ouvrage. Ont-ils
craint en nous éclairant que
nous ne fûffions trop près
d'eux, ou ont-ils voulu fe ré-
ferver le plaifir barbare de
nous demander compte des
défauts dont ils ont accompa-
gné notre éxiftence ? Mais que

dis-je ? Malheureuse ! & d'où
me vient donc la répugnance
que j'ai pour Jonquille ? S'ils
ne m'avoient pas soutenuë,
auroit-il encore à desirer ? L'a-
mour que je me sens pour Tanzaï, tout fort qu'il est, ne me
jetteroit pas dans un si grand
desordre. Ah ! les Dieux nous
éclairent plus que nous ne
croïons ; si nous étions atten-
tifs à cette voix secrette qui
nous parle, si nous ne la fai-
sions pas taire, nos mouvemens se décideroient tout d'un
coup ; & nous éprouverions
moins de combats dans notre

ame, ſi cette voix, étoit moins
puiſſante. Mais, après tout que
m'importe ce Génie, & quand
je céderois à ſes deſirs, ne puis-
je pas toûjours occupée de
mon époux, ne m'entretenir
que de ſa tendreſſe? Eh! l'ame
ne s'égare-t'elle pas? Et malgré ma vertu, n'ai-je pas été
dans ce Boſquet, près de ſuccomber? Voïois-je Jonquille?
Penſois-je à mon époux? Ne
m'étois-je pas perdüe moi-même? Qui me répondra que je
ne m'égare plus? Je me ſuis
arrachée au péril, mais quels
efforts ne m'en a-t'il pas couté?

Le trouble de mon cœur, cette volupté qui s'est emparée de mes sens, ces mouvemens confus ne me disent-ils pas tout ce que j'ai à craindre ? Et qui combats-je ici ? Le plus aimable des Génies 1 ah ! tâchons d'en perdre l'idée, fermons les yeux sur son mérite; que seroit-ce pour moi qu'un plaisir qui me couteroit tant de larmes, & qu'est-il auprès de cette satisfaction si pûre qui ne nous abandonne jamais quand nous n'avons rien à nous reprocher ? Pendant que Néadarné faisoit ces Réfléxions,

u d'autres semblables, ses
emmes l'avoient deshabillée;
l ne lui restoit plus qu'une ro-
e legére qu'on alloit encore
ui ôter pour la mettre au lit,
orsqu'elle ordonna à ses fem-
nes de se retirer. On lui repré-
enta respectüeusement qu'il
falloit qu'elle se couchât, elle
répondit, en se jettant sur
un canapé, qu'elle ne vouloit
point se coucher, & témoigna
tant d'opiniâtreté sur cet article, qu'à la fin ses femmes se
retirérent. Elles étoient à peine sorties qu'elle courût fermer toutes les portes de sa

chambre: Elle se croïoit bien en sûreté contre Jonquille, & reprenoit le chemin de son canapé, lorsqu'elle apperçût auprès d'elle, celui contre qui elle prenoit tant de précautions ; elle en fût d'autant plus effraïée qu'elle se voïoit dans un état où il lui seroit difficile de se défendre contre lui, & qu'elle se doutoit bien qu'en cas qu'il emploïât la violence, personne ne viendroit la secourir. Eh quoi, Madame, lui dit-il, voïant qu'elle s'arrangeoit sur son canapé, toûjours des précautions contre moi ? Et vous,

lui répondit-elle, prétendez-
vous toûjours me perfécuter ?
Vous donnez, reprit-il, un
nom peu honnête à mes intentions, vous fçavez que je ne
veux que vous fervir, vous re-
connoiffez mal mon zéle. Ce
zéle, repliqua-t'elle, m'eft
fufpeçt, & vous m'avez mon-
tré trop d'amour pour que je
n'en détefte pas la fource. Je
n'ai donc plus rien à vous dire,
Madame, répondit il, je pourrois vous répeter que pour vos
intérêts même, vous devriez
me montrer moins de rigueur,
mais vous les confultez fi peu

que sans doute vous ne m'en croiriez pas. Joüissez donc du plaisir que vous donne votre sévérité, & des charmes de votre état. Que l'heureux Tanzaï, en vous retrouvant si fidelle, s'applaudîsse de vous revoir, & qu'il imite votre éxemple, si jamais le bonheur de sa destinée le raméne entre les bras de Concombre. (Ici la Princesse devint fort attentive, & fronça un peu le sourcil.) Je ne vous parle plus de mon amour, continüa Jonquille, par une bizarrerie que je ne conçois pas, plus je vous en témoigne,

témoigne, plus vous me mon-
trez d'averſion. Auriez-vous
mieux aimé qu'uſant du pri-
vilége de mon emploi, je vous
euſſe traitée comme une femme ordinaire? Mais non , dit
plus doucement la Princeſſe.
Ce ſont donc, reprit Jonquille, mes égards qui me perdent
auprès de vous , & j'aurois ſur-
monté cette fierté ſi farouche
ſi je l'avois moins ménagée?
Je cherche à vous rendre votre ſituation moins pénible ; je
crois qu'il eſt mieux pour vous,
puiſqu'enfin vous devez céder,
que vous m'apportiez moins

II. P.   E e

de répugnance, & ce procédé
dont toute autre que vous auroit fans douté été touchée,
vous révolte. Ah Princeffe !
ajoûta t'il en s'affeïant fur le
canapé, je méritois de vous
moins d'injuftice, & plus de
complaifance. (En cet endroit,
Néadarné commença à réver.)
J'ofe dire, que fi vous aviez
pû être touchée de quelque
chofe, vous l'auriez été de
mon amour, & que vous ne
lui auriez point oppofé une fi
crüelle ingratitude; ce n'eft pas,
continüa-t'il, en pofant doucement fa main fur la jambe

de la Princesse, ce n'est pas que
je croïe avoir mérité de vous
aucune récompense, mais vous
vous lâsserez de l'état auquel
Concombre vous a réduite ; il
ne me sera plus permis de vous
revoir, & le Génie dont je vous
parlois tantôt, aura l'avantage de vous rendre ce service
que vous aurez refusé de moi.
(Alors, la Princesse le regarda assez long-tems, rebaissa
les yeux, soûpira assez tristement, & Jonquille s'avança
sur le canapé, & lui prenant la
main, poursuivît ainsi son discours :) si vous me haïssiez

moins, vous ne vous verriez
pas fans horreur obligée de
recourir aux foins d'un autre,
qui, moins fenfible que moi,
vous fera peut-être regretter
d'avoir rejetté les miens. Je
ne me fouhaite pas même cette confolation, je ne pourrois
l'avoir qu'à vos dépens, &
j'aime mieux en être privé à
jamais. A ce difcours fi tendre, Néadarné ferra la main
de Jonquille qui tenoit la fienne, & le Génie avançant à
diverfes reprifes celle qu'il
avoit d'abord pôfée fur la jambe de la Princeffe, en fit ufa-

ge affez indifcretement pour
qu'elle s'en fût offenfée, fi elle
n'avoit été plongée en cet inftant dans la plus profonde rê-
verie. Ah Princeffe, dit il d'u-
ne voix entre-coupée , qu'il
me feroit doux de vous voir
répondre à ma flamme ! Mes
fentimens font dignes d'une
auffi grande félicité; mais cette bouche fi charmante, ajoûta-t'il en la baifant avec ardeur, & vos yeux font également müets. J'aurois tort de
preffer une réponfe, elle ne
me feroit pas auffi favorable
que votre filence. Il n'a tenu

qu'au Lecteur de remarquer
qu'à mesure que Jonquille parloit, il s'avançoit sur le siége de
Néadarné, si bien, & avec si
peu de ménagement, qu'il en
étoit enfin venu au point de le
partager avec elle, & qu'il
avoit profité de sa distraction
pour prendre les plus grandes
libertés. Elle sortît enfin de
son assoupissement à la derniére, mais le Génie avoit si
bien pris ses mesures que quelques fussent les efforts de Néadarné, ils ne lui servîrent à
rien. A peine se fût-elle apperçüe qu'il étoit inutile de com-

battre, qu'elle pria Jonquille
dans les termes les plus fup-
plians de ne pas pouffer plus
loin fes entreprifes ; mais , le
Génie auffi diftrait en ce moment qu'elle l'avoit été elle-
même , ne répondît à fes priéres que par de plus grands efforts: Elle recommença fa réfiftance , mais elle éprouva pour
lors que la vertu la plus févere
peut combattre , mais n'eft pas
toûjours fûre de vaincre. Les
obftacles que le Génie oppo-
foit à fa fuite, & fes tranfports
excitérent enfin fa fureur. Barbare ! s'écria-t'elle , ah trai … ?

Les cris les plus douloureux
l'interrompîrent, & par la peine qu'elle eut à être défen-
chantée, il ne tînt qu'à elle de
juger de la force de l'enchantement. L'affront qu'elle ef-
fûioit, & fa réfiftance l'avoient
accablée de douleur, & de fa-
tigue, & la firent tomber dans
une efpéce d'anéantiffement
qui lui ôtoit la force de faire
éprouver au Génie la violence
de fon courroux, & lui déroba, en même-tems, le def-
agrément d'être témoin de fes
tranfports. Jonquille! le vic-
torieux Jonquille! loin de la
                    fecourir,

fecourir, goûtoit à loifir, les charmes de fon triomphe.

Cette beauté fi fiére qu'il adoroit, étoit enfin devenüë la proïe de fes defirs, il atta- choit fur elle fes regards en- flammés, il l'accabloit des plus tendres careffes, & lui demandant pardon dans les termes les plus paffionnés, il alloit fans doute lui faire de nouvelles infultes, lorfqu'un profond foûpir lui annonça que Néadarné reprenoit fes fens. Il crût qu'il feroit plus décent que la Princeffe en ou- vrant les yeux, le vît à fes ge-

II. P.   Ff

noux, il s'y jetta en l'admi-
rant. Le defordre dans lequel
il l'avoit mife, la rendoit
encore plus charmante ; des
pleurs couloient de fes beaux
yeux à demi fermez , elle les
ouvrît enfin. La fituation où
elle fe retrouva, augmenta fes
larmes. & donna de nouvelles forces à fon indignation ;
elle fe releva avec fureur , &
courant aux portes pour fortir, fon défefpoir redoubla
quand elle connût qu'il ne dépendoit pas d'elle de fuïr ce
Génie qu'elle abhorroit. A h
monftre! s'écria-t'elle, monftre

indigne du jour ! ofe-tu t'offrir
encore à mes regards ? Ofe-tu
me retenir ? . . . . Pour bien exprimer la colere de la Princeffe, & rapporter ici tout ce
qu'elle dît à Jonquille, il faudroit s'être trouvé dans la même fituation : On laiffe donc
aux Lecteurs femelles cet endroit à remplir. Néadarné, à
force de quereller le Génie,
s'épuifa ; il l'avoit prévu, &
dans une contenance hypo-
crite, il attendoit qu'elle finît.
Eh bien, Madame, lui dit-il,
quand il vît qu'elle ne parloit
plus, me voudrez-vous toû-

jours punir de mon zéle, &
vous opposerez-vous sans cesse
à ses effets ? Est-il dit que vous
ne voudrez jamais consentir à
ce désenchantement qui vous
est si nécessaire ! Ah traître !
s'écria-t'elle, plût aux Dieux
que je fûsse encore à le souhaiter! si vous n'avez que cette raison pour me haïr reprit-il, vous
pouvez m'honorer d'un sentiment moins rigoureux : Quelque chose que vous aïez ima-
ginée, que vous aïez même
éprouvée, vous êtes telle que
vous étiez, & sans un consen-
tement formel de votre part

vous ne pouvez fortir de votre
état. Je ne vous l'ai pas dit
d'abord parce que je ne voulois devoir qu'à vous feule, le
plaifir de vous voir volontai-
rement entre mes bras. Peut-
être , ne m'en croïez - vous
point, & qu'irritée contre moi
comme vous l'êtes, vous vous
reprochez même de m'en-
tendre; mais il vous eft aifé de
vous convaincre par vous-même que ce que j'avance n'eft
point faux. Je ne prétends au
refte vous affujettir à rien ,
maîtreffe de refter, ou de partir, fi je vous rends graces de

F f iij

l'un, vous ne me verrez point me fâcher de l'autre. Pendant que le Génie parloit, Néadarné, on ne sçait comment, reconnût qu'en effet, son desenchantement n'étoit point réel; elle ne pouvoit en accuser le secret de Mouſtache, puiſqu'elle n'avoit pas prononcé les trois paroles qui le compoſoient, & elle retomba dans une nouvelle perpléxité, quand elle ne pût plus douter de la néceſſité de permettre tout à Jonquille, ou d'être hors d'état pour toûjours d'accorder quelque choſe au Prince. En-

fin, Madame, reprit le Génie,
la nuit fe paffe, & vous ne dé-
cidez rien. Elle alloit lui répondre, lorfqu'un Génie de la
Cour de Jonquille parût dans
la Chambre. Seigneur, lui
dit-il, daigne ta clémence me
pardonner, fi je viens troubler
ton repos, mais deux Dames
que la Princeffe feule égale en
beauté, viennent d'arriver en
ces lieux, elles implorent ton
fecours avec tant de vivacité,
& leurs maux éxigent des re-
médes fi prompts que j'ai cru
devoir t'avertir des plaifirs qui
t'attendent.

Ff iiij

C'en eſt aſſez, Topâze, dit le Génie, ſortez; & vous, Princeſſe, dit-il à Néadarné, vôlerai-je à ces infortunées, ou fixez-vous mes pas auprès de vous? C'eſt à vous à vous décider, & à ſeconder le penchant qui m'attache à vos charmes. Topâze va peut être revenir, dit-elle. Cette crainte eſt-elle, demanda t'il, la ſeule qui vous occupe? Elle ſoûrit. Jonquille, content de cet aveu, l'enleva, la porta dans ce même lit où elle croïoit qu'elle n'entreroit jamais, & dans l'inſtant, la ver

tu, & le fcrupule bannis tous
deux d'auprès d'elle, cédérent
en foûpirant, leur place aux
plaifirs.

CHAPITRE XVII.

Qui apprendra aux Prudes, qu'il
eft des occafions dangereufes.

S'Il eft flatteur de triompher d'une beauté févere,
il faut avoüer auffi qu'il en
coûte bien pour en venir là.
Une chofe qui doit furpren-
dre, c'eft que depuis que les
femmes fçavent qu'il faut cé-

der , elles n'aïent point encore jugé à propos de retrancher
les façons. Il y a à la vérité de
certains fats dans le monde
qui soutiennent qu'on ne leur
a jamais opposé de resistance ,
mais il n'en est pas moins vrai
qu'ils mentent. Souvent ils
se vantent d'avoir obtenu des
faveurs, où on les a accablé de
mépris ; heureusement pour
les femmes, cela ne tire pas à
conséquence, & les honnêtes
gens n'en ont pas moins à soû-
pirer: quelque jour peut-être
elle penseront mieux , ou plus
mal ; je dis plus mal , car Jon-

quille auroit eû moins de plaifirs, fi Néadarné avoit été
moins farouche. Il étoit par-
venu, ainfi qu'à préfent tout
le monde le fçait, à la tenir
de fon aveu. Toute autre que
la Princeffe n'auroit pas révo-
qué fon confentement, mais
elle étoit doüée d'une vertu
qui ne finiffoit pas fur fes bienféances, & à qui les fottes délicateffes de Jonquille en faifoit fans ceffe imaginer de nouvelles. Quoiqu'on en dife, ce
Génie étoit moins adroit qu'on
ne nous l'a peint, pâffe qu'il
demandât à Néadarné la per-

miffion de la porter dans fon
lit, une chofe de cette nature
vaut au moins une politeffe,
encore eft-il des occurrences
où il eft plus poli, & plus fûr
de ne rien dire. La vertu n'eft
jamais plus cérémonieufe que
quand on lui laiffe le tems de
l'être, & il n'eft pas décent
d'obliger une belle à refufer
ce qu'elle laifferoit prendre, fi
on s'avifoit de cette voïe. Jonquille, quoique fort amoureux,
pria la Princeffe de lui permettre d'approcher d'elle, &
la Princeffe fur le champ, ne
manqua pas de le prier de n'en

rien faire ; il se revolta à ce
refus injuste, & s'avisant enfin de ses bévües, il approcha
malgré elle, & par ce coup
d'autorité, lui en imposa si bien
qu'elle n'osa plus rien dire. Il
se hazarda alors à lui donner
de ces noms tendres en usage
parmi les gens qui sont parfaitement bien ensemble. Si elle
ne les lui rendît point, du
moins ne s'offensa-t'elle pas
qu'il les lui eut donnés. De-là,
en homme qui connoît le prix
des gradâtions, il la prît dans
ses bras, l'y serra voluptueu-
sement, & par des caresses fai-

tes à propos, lui donna infen-
fiblement une idée affez vive
du plaifir, pour qu'elle ne pût
plus s'occuper d'autre chofe.
L'amoureux Jonquille enfin
païé de fa délicateffe, reçut
autant qu'il donnoit, & vît fa
Princeffe ennivrée de volupté,
fe prêter de bonne grace aux
foins qu'il prenoit pour fon
défenchantement. Il craignoit
encore un retour fâcheux, &
pour le prévenir, il crût ne
devoir pas laiffer à la Princeffe
le tems de la réfléxion, & s'é-
pargner les intervales. Cette
rufe fit fon effet, & fue fin-

taifie de Néadarné en rendît
le fuccès entier: elle alla s'i-
maginer que Jonquille reffem-
bloit à Tanzaï, & en s'éton-
nant fort en elle-même que
cette reffemblance ne l'eut pas
frappée plûtôt, elle fe livra à
fon erreur, & par amour pour
le Prince, ne laiffa rien à defirer à l'ardeur du Génie. Propos charmans, careffes tendres, foupirs enflammés, tranfports voluptüeux, abandon
de foi-même, rien ne lui manqua. Tout grand Enchanteur
qu'il étoit, il fallût après avoir
fafciné les yeux de la Princef-

fe, un tems confidérable, qu'il laissât reposer le charme. Néa-darné, sentît tout ce qu'elle perdoit au retour de sa raison, il lui vînt des idées tristes ; son desenchantement ne l'occu-poit plus, elle voïoit alors que telle étoit la volonté des Dieux qu'il fût l'ouvrage de Jonquil-le, c'étoit une chose faite, elle y étoit totalement résignée. Elle cessa de se faire des re-proches sur son infidélité, & trouva d'aussi bonnes raisons pour l'autorifer, qu'elle en avoit euës pour s'en défendre. Après tout, avoit-elle cessé

d'adorer

d'adorer le Prince, & n'étoit-
ce pas l'ouvrage de la paſſion
la plus forte, de lui avoir fait
reſſembler Jonquille ? Ce qui
l'inquiéta le plus, fût l'incer-
titude où elle étoit ſur le ſecret
de Mouſtache : Pouvoit-elle
jamais avoir une plus belle
occaſion de l'éprouver ? déter-
minée à ſçavoir abſolûment
ce qui en étoit, elle voulût
prononcer les paroles myſté-
rieuſes, elle les avoit oubliées,
& Jonquille avoit tellement
broüillé ſes idées, qu'elle crût
pendant long-tems qu'elle ne
s'en reſſouviendroit jamais. Il

II. P. G g

n'y avoit pas d'apparence d'aller chercher le papier sur lequel elles étoient écrites : qu'en
auroit pensé Jonquille? Il n'auroit pas manqué de voir ce
que c'étoit, & si elle l'avoit
perdu tout à fait, le moïen de
reparoître auprès de Tanzaï?
Pendant qu'elle étoit dans cet
embarras, Jonquille prêt à re-
commencer le charme, vint
de nouveau la presser, & l'in-
terdire, elle se souvînt heureusement qu'on avoit mis ses po-
ches sous le chevet. En se dé-
tournant avec adresse, elle prît
son secret, & s'en servît si à

propos que Jonquille crût la
Princeſſe plus enchantée que
jamais, s'en plaignît, & la remercia. Il ne manqua pas
d'attribuer à Concombre une
choſe ſi peu ordinaire, & plus
il la ſoupçonna de vouloir
rendre éternel le malheur de
la Princeſſe, plus il s'empreſſa
d'y remédier. Néadarné qui,
quoique le Génie eût dit de ſa
ſenſibilité, n'avoit pas comp-
té ſur un ſi grand zéle de ſa
part, ne ſçavoit comment y
répondre. S'en plaindre, c'é-
toit témoigner une trop grande ingratitude ; le laiſſer écla-

ter davantage n'étoit-ce pas
manquer trop à Tanzaï. Il
étoit singulier qu'elle fît cette
derniére réfléxion, mais les
femmes font délicates, & Néadarné qui croïoit avoir fait affez pour le Prince, fe repro-
choit ce qu'elle donnoit de
plus; elle alloit prier le Génie
de mettre des bornes à fa gé-
nérofité, lorfqu'une feconde
réfléxion (on ne finit pas d'en
faire quand une fois on a commencé) la détermina autrement. Elle ne pouvoit plus
douter que le fecret de Mouftache ne fût bon, mais cette

Fée lui avoit dit qu'il pouvoit
se répéter autant de fois qu'on
le vouloit, & si cela n'étoit
pas, & qu'elle s'en fût servie
trop précipitamment, qu'elle
ne seroit pas la fureur de Tanzaï? Il fallût donc, pour ne
plus douter de la bonne foi de
Moustache, entendre ce que
Jonquille en diroit. Pour le
coup, elle eut lieu d'être contente. Le Génie parla avan-
tageusement du nouvel em-
barras où il étoit, que de peur
qu'il n'en soupçonnât la cause, elle le félicita de ce mira-
cle, & le rejetta entiérement.

fur lui. Quelque flatteur que
fût ce propos, il s'en défendît
avec toute la modeftie poffible, & s'obftina à n'en donner l'honneur qu'à elle feule.
Un combat auffi poli ne pouvoit pas finir promptement,
& quelque civile que fût la
Princeffe, Jonquille s'opiniâ-
tra avec tant de fureur, qu'elle
fût obligée de prendre tout fur
elle. La nuit cependant s'avançoit, & la Princeffe qui avoit
fufifamment effaïé fon fecret,
& qui n'avoit plus rien à defirer pour elle-même, fe crût
obligée de penfer à Cormoran;

elle ne sçavoit comment s'y prendre pour le délivrer. Jonquille ne lui paroissoit pas d'humeur à s'assoûpir si-tôt, & il lui paroissoit impossible de se servir de la Pantoufle tant qu'il seroit éveillé.

Seigneur, lui dit-elle, dans quatre heures je pars, je voudrois bien pouvoir donner au sommeil le reste de la nuit, j'ose attendre de votre complaisance... Plûtôt vous partirez, répondit-il, moins vous devez l'attendre de moi cette complaisance que vous me demandez; je ne mériterois pas le

bonheur de vous posséder, si
je le négligeois à ce point ; je
veux vous prouver que j'en
suis digne. Si vous me promet-
tiez pourtant que je pourrai
vous revoir.... Moi, interrom-
pit-elle promptement, ah Seigneur, vous! ne l'espérez point,
& je ne conçois pas comment
vous ôsez me faire une sem-
blable proposition. J'ai cru, répondit-il, que sans manquer au
respect, je pouvois vous la faire, & que nous avions été assez
bien ensemble ici, pour que
vous me regardâssiez au moins
comme connoissance. Et c'est
préci-

précisément , Seigneur , par
cette raison même que, de toutes les personnes de la terre ,
vous êtes celle que je dois éviter le plus : l'amour que je ref-
fens pour Tanzaï, & mon devoir, ne me permettent pas même de penser à vous. Jusques
ici , je ne suis point criminelle ; les Dieux en m'ordonnant
de venir vous chercher , ont
pris ma faute fur eux , mais
je mériterois leur colére, & le
mépris de mon époux, fi je me
rappellois jamais vôtre idée
pour la chérir. Quand je vous
ai demandé cette permiffion,

II. P.   H h

Princesse, reprit-il, c'est parce
que jusques au bout, j'ai voulu vous devoir tous mes plaifirs. Si vous connoissiez bien
ma puissance, vous ne doute-
riez pas que malgré tous vos refus, je ne pûsse vous voir quand
je le voudrois, & obtenir même de votre tendresse, toutes
les faveurs que vous réservez
à Tanzaï. Maître de prendre
sa figure, c'est sous ses traits
que vous me verrez, & vous
ne sçaurez jamais si c'est à lui,
ou à moi que vous livrerez votre cœur. Ah grands Dieux !
quel supplice ! s'écria la Prin-

cesse. Elle se seroit sans doute
affligée beaucoup, si le Génie
la voïant dans de si tristes dis-
positions, ne se fût crû dans l'o-
bligation de les dissiper. Néadarné lassée de ses transports
auroit bien voulu les éviter,
mais comme elle avoit été la
victime de son amour pour
Tanzaï, il fallût encore qu'elle le fût de ses égards pour
Moustache. Il étoit nécessaire
de provoquer le Génie au sommeil, & sans cela, elle ne pouvoit délivrer Cormoran. Ce
fût par la même raison qu'elle
se servît encore de son secret;

une victoire aifée auroit moins
couté à Jonquille , & il falloit
amener la Pantoufle ; le tems
de l'emploïer arriva enfin. Le
Génie , malgré lui , & en di-
fant à Néadarné , les chofes du
monde les plus tendres, fentît
fes yeux fe fermer , elle, lui faifant dans l'inftant fentir la
Pantoufle , le plongea dans le
fommeil le plus profond ; &
fortant brufquement du lit ,
s'habilla avec la derniere
promptitude. Elle y mettoit
tant d'application qu'elle ne
s'apperçût pas d'abord que les
habirs dont elle fe couvroit

n'étoient pas ceux qu'elle avoit
apportés dans l'Isle. L'amoureux Génie qui avoit voulu
que Néadarné emportât avec
elle des marques de sa magnificence, n'avoit rien oublié
pour rendre superbes, & dignes de la beauté qu'il en paroît, ceux dont Néadarné se
couvrît malgré elle. Sa répugnance à cet égard pouvoit
avoir plus d'une cause, elle ne
pouvoit plus avec ces habits
dire au Prince qu'elle avoit rê-
vé, & n'imaginoit rien pour le
tromper là-dessus. Malgré
l'inquiétude dans laquelle ces

nouveaux vêtemens la plon-
geoient, elle ne pût refuser à
Jonquille, l'estime que meri-
toient ses procédez. Elle s'ap-
procha du lit où il dormoit si
profondément. Elle le consi-
déra long-tems, sa beauté l'é-
mût. Adieu, lui dit-elle en
soupirant, adieu aimable Génie, puissent tes jours éternels
couler dans les plaisirs! puisse-
tu perdre à jamais le souvenir
de la triste Néadarné! puisse-
t'elle elle-même t'oublier; elle
se seroit crüe trop heureuse de
pouvoir répondre à ton ardeur, & tu ne l'aurois pas pré-

venüe, si son cœur & sa main
avoient été à elle. Adieu, elle
ne peut rien pour ta félicité,
daigne ne jamais troubler son
repos ! En achevant ces parol-
les, elle le baisa doucement au
front, & s'arracha d'auprès de
lui avec une peine dont elle
sentît murmurer sa vertu.

H h iiij

CHAPITRE XVIII.

Où le Lecteur lira des choses qu'il prévoit depuis long-tems.

LA Princesse, armée de la Pantoufle, traversa, sans être vûë, tous les Appartemens du Palais. Le Soleil étoit déja levé, elle craignît, comme elle n'avoit pas pû avertir Cormoran de son dessein, qu'elle ne mît beaucoup de tems à le chercher, & que le Génie en s'éveillant, ne dérangeât toutes ses mesures: Heureusement, elle n'alla pas loin. Cormoran que ses malheurs rendoient inquiet, loin de s'abandonner au sommeil, rêvoit tristement sur la terrasse: Elle se decouvrît à lui. Ne perdons point de tems, Seigneur, lui dit-elle, sortez de votre esclavage, & venez dans les bras d'une Fée qui vous adore, vous dédommager de vos peines. Ah Princesse! s'écria Cormoran, seroit-il possible que Moustache pensât encore à moi? N'en doutez pas, Prince, répondit-elle: Oüi, son cœur prévenu pour vous de la passion la plus

vive, fouffre autant éloigné
de vous, que vous fouffrez ab-
fent d'elle. Eft-elle toûjours
Taupe? Demanda-t'il : Que
j'ai craint que le Barbare Jonquille ne l'eut en fa puiffance!
Echappés tous deux à fon
courroux, repliqua-t'elle, venez joüir d'un fort plus heureux, & lui rendre cette figure
charmante qui vous infpiroit
tant d'ardeur. Mais, avez-vous
encore la Pantoufle de la Fée?
Oüi, reprit Cormoran, mais
il ne m'a pas été poffible, depuis dix ans que je la poffède,
de la regarder une feule fois;

occupé fans relâche à faire la
culebute, ou à travailler aux
plaifirs du Génie, ou je n'ai
pas eû le tems de la baifer, ou
je n'ai pas ôfé, de peur que le
Génie me fçachant poffeffeur
de ce thréfor, ne me le ravît
encore. En connoiffez-vous la
vertu? Demanda Néadarné.
Non reprit-il, & quelle eft-
elle? De vous rendre invifible. Ah que ne l'ai-je fçu plûtôt! s'écria-t'il, que cette con-
noiffance m'auroit épargné de
tourmens! Peut-être auffi, dit-
elle, que plûtôt, elle ne vous
auroit fervi à rien. L'intention

des Dieux étoit sans doute que
vous fûssiez malheureux dix
ans, & avant le tems marqué
par leur clémence, vous n'auriez fait que de vains efforts
pour votre liberté : Mais, fi-
nissons ces discours, craignez
encore la colére du Génie,
vous êtes perdu s'il s'éveille;
prenez, votre Pantoufle, &
suivez moi. Ce n'est donc pas
lui qui finit mes peines ? Demanda-t'il : Non, reprit la
Princesse, en vain je l'ai con-
juré de m'accorder votre grace. Du moins, dit-il, êtes-vous
guérie ? Paix, répondit elle,

que dans l'endroit où je vais
vous conduire, aucune indif-
cretion ne vous échappe, &
s'il en eft befoin, foûtenez que
je n'ai vû le Génie qu'une minute, & encore devant vous;
autrement, vous me perdriez;
vous fçaurez un jour les raifons qui doivent vous forcer
au filence fur cet article, ou
à appuïer mes difcours. Ne
craignez rien, Princeffe, dit-
il, je vous jure une fidélité in-
violable. Alors, il tira la Pantoufle de fa poche, & fuivant
la Princeffe, ils pafférent devant les Gardes de Jonquille

fans qu'aucun d'eux les apperçût ; ils parvînrent au Port fans
rencontrer plus d'obftacles que
dans le Palais, prîrent une des
Barques de Jonquille, & quit-
térent l'Ifle, non fans que Néadarné ne regardât fouvent, &
avec un peu de trifteffe, l'endroit du Palais où elle avoit
laiffé le Génie. Qu'on ne l'en
blâme pas, fa vertu avoit affez
éclaté pour qu'elle fe permît
cette légere fatisfaction, &
c'étoit bien le moins qu'elle
pût faire pour lui que de le
quitter avec quelque regret.
Ce n'étoit pas qu'elle l'aimât,

mais elle n'avoit rien à lui imputer de ce qui s'étoit paffé
entre eux , & ne pouvoit rai-
fonnablement le regarder que
comme fon libérateur. Toutes ces idées s'effacérent de fon
efprit en mettant pied à terre.
Elle retrouva fes gens à l'endroit où elle leur avoit ordonné de l'attendre , elle fît mon-
ter Cormoran avec elle dans
fon Palanquin , & reprit le
chemin de la Ville Bleüe , en
s'occupant feulement du plaifir de revoir Tanzaï. Elle n'étoit
plus inquiéte fur le fecret de
Mouftache ; l'épreuve qu'elle

en avoit faite avec Jonquille, ne lui laiſſoit pas lieu de douter que le Prince n'y fût trompé.

Avant même de ſortir du Palais du Génie, elle avoit prononcé trois ou quatre fois les ſecourables paroles; mais quelque confiance qu'elle y eut, elle ne pût revoir la Ville Bleüe ſans émotion. La néceſſité où elle étoit de mentir à Tanzaï; la crainte que, malgré ſes diſcours, il ne découvrît la vérité de l'avanture, ou que Jonquille ne fût indiſcret; la honte dont en elle-même, elle ſe ſentoit

toit couverte, excitoient dans
son cœur les mouvemens les
plus crüels, & y balançoient
le plaisir d'être réünie à son
époux: Ce n'étoit pas sans raison qu'elle craignoit sa présence Tanzaï, malgré l'esprit
de Moustache, & les consola-
tions qu'elle lui avoit apportées, avoit pensé mourir de
chagrin. Quoi! disoit-il à la
Fée, j'ai pû consentir qu'elle allât trouver Jonquille; il
manquoit à mes maux de faire
moi-même mon deshonneur,
& de ne pouvoir pas l'ignorer.
Que me dira cette infidelle à

II. P.   I i

son retour? Hélas! en cet instant peut-être elle oublie dans
les bras du Génie, mon amour,
& mon défefpoir. Pour vous
oublier, dit Mouftache, je fuis
bien fûre que non, & que je
répondrois bien que fi, par une
fatalité que je ne conçois pas,
elle a cédé à Jonquille, fa vertu n'en aura pas été offenfée.
Oh fans doute! reprenoit-il,
on fe fouvient beaucoup de fa
vertu, & il dépend d'une femme de l'avoir préfente à fes
idées dans ce moment-là. En
ce cas, repartoit Mouftache,
quels reproches pourriez-vous

donc faire à la Princeſſe : Et
ſi par hazard elle revient de
l'Iſle, telle qu'elle eſt partie,
laide, & inutile, de quel œil
la reverrez-vous? Je n'en ſçais
rien, dit Tanzaï, vous prenez
bien votre tems pour me faire
de ces argumens-là ; vous rai-
ſonnez les paſſions avec une
éxactitude impatientante, &
pourvû que vous faſſiez un
beau, & long diſcours, le reſte
ne vous eſt de rien. Je hais
auſſi de vous voir injuſte, reprit Mouſtache, & je voudrois
que vous fûſſiez moins bizar-
re. Encore un coup, comptez

un peu plus fur ma puiſſance, & que les ſoins de Barbacela pour vous, vous raſſurent. S'il faut pour me calmer, reprit-il, compter ſur votre prote-ction, ou ſur la ſienne, je puis garder mes inquiétudes, & à juger de ſes ſoins pour moi, par une occaſion où je me ſuis trouvé, je ne dois pas eſpérer qu'elle ſoit utile à la Princeſſe. Vous même, ſi votre pouvoir eſt ſi grand, que n'avez-vous empêché ſon départ ? Vous ſçavez, dit la Taupe, qu'on ne peut s'oppoſer aux ordres ſuprêmes du deſtin. Fort bien,

reprit-il, & si les ordres suprê-
mes du destin sont que Néadarné ne puisse me revenir telle que je la souhaite, que par
l'entremise de Jonquille, puis-
qu'on ne peut s'y opposer, de
quel biais userez - vous pour
empêcher qu'ils ne s'éxécu-
tent ? Vous qui aimez tant les
raisonnemens, en voilà un,
répondez-y. La chose n'est
pas difficile, répondît-elle :
Filles du Destin comme nous
le sommes, ce qui seroit impossible aux mortels, nous devient aisé ; s'il ne peut révo-
quer ses arrêts, en notre fa-

veur, il les adoucit du moins, & nous laiffant fous lui la conduite de l'Univers, nous permet de favorifer les objets fur qui nous voulons éxercer notre clémence. Vous ne doutez pas, je crois, de mon amitié, & vous devez-vous fouvenir qu'avant que Néadarné partît, je vous ai dit qu'en cas que Jonquille n'en agît pas généreufement, il ne trouveroit qu'une ombre qu'il prendroit pour elle. Mais puifque vous pouvez faire cela pour moi, pourquoi, dit-il encore, ne l'avez-vous pas fait pour vous? Qui vous empêchoit de substitüer une ombre à votre Cormoran ; & de terminer par là sa pénitence ? Jonquille s'en seroit apperçu, reprit-elle, Cormoran devoit rester si long-tems en son pouvoir, & il l'a emploïé à tant d'usages pendant sa captivité, qu'il ne m'auroit pas été possible de le tromper là-dessus. Vous verrez, reprit Tanzaï, que l'usage qu'il doit faire de la Princesse, le rend plus aisé à être trompé. En vérité ! le Destin votre Pere ordonne d'étranges sottises, & vous les reparez par de singuliers moïens. Oh ! répondit Mouſtache, vous ne méritez pas d'être raſſuré ; ni que Néadarné vous aime avec tant de délicateſſe; quand elle ne pourroit éviter Jonquille, il vous ſiéroit mal de le lui reprocher; & quand il fût queſtion pour vous de paſſer une nuit avec Concombre, vous fîtes moins de difficulté que Néadarné n'en feroit en pareil cas. Vous crûtes ridiculement que le plus bel objet de la terre vous tendoit les bras, vous vous livrâtes en inſenſé à tout ce que vous dît la Choüette : Et ſi la

Princeſſe

Princeffe fçavoit à quel point
vous lui fûtes infidele, je ne
réponds pas que, malgré fa
vertu, elle ne fentît quelque
douceur à vous en punir. Au
nom de Cormoran ! Moufta-
che, dît Tanzaï confus, ne
lui parlez jamais de cette dé-
teftable Ifle des Coufins ; elle
ne fût que trop bien vangée,
& fi, comme je n'en doute
point, vous fçavez le refte de
l'Hiftoire, vous devez me rendre juftice, & vous n'ignorez
pas que le defir de la revoir,
m'en fît plus faire que celui de
mon rétabliffement. Je vous

II. P.   K k

garderai volontiers le secret, dit la Fée, mais soïez plus tranquille, & ne m'outragez pas au point de douter toûjours de mon pouvoir, il va plus loin que vous ne pensez. Le Prince lui promît tout ce qu'elle voulût, mais son inquiétude étoit si forte qu'il ne pût un moment la suspendre, & que la Fée impatientée de ses plaintes fût obligée de le faire dormir trois, ou quatre fois dans la journée, encore n'auroit-il fait que de mauvais songes, si Moustache, pour l'intérêt de la Princesse, ne lui en eût procuré d'agréables.

CHAPITRE XIX.

Plus nécessaire, qu'agréable.

TAnzaï sortoit à peine d'u-
ne de ces gracieuses il-
lusions, que la Fée lui présentoit, lorsqu'il vît arriver la
Princesse ; il venoit, en rêvant,
de la voir, insensible aux feux
de Jonquille, refuser sa guérison, & le Génie touché de
tant de vertu, la lui procurer
sans en prétendre aucune reconnoissance. Ce songe l'avoit

K k ij

difposé à bien recevoir Néadarné : Il courût au-devant
d'elle, mais quand il la vît
couverte des préfens de Jonquille, & menée par Cormoran, il imagina que la déli-
vrance de ce Prince lui avoit
couté plus d'une complaifance, & que fi elle avoit été fi
vertüeufe, Jonquille l'auroit
eftimée, mais ne lui auroit pas
tant accordé. Toute fa jaloufie fe reveilla, il la regarda
fombrement, & répondit avec
hauteur aux civilitez de l'a-
mant de Mouftache. A peine
cette Fée eut-elle entrevû Cor-

moran, que fa Métamorphofe ceffa, & que fous les habits les plus galants, Tanzaï, & la Princeffe vîrent une femme grande, un peu féche, l'air coquet, Minaudier, & précieux, qui fe précipita dans les bras de Cormoran : Elle avoit réellement du côté gauche, une Mouftache à la Chinoife qui fût la premiére chofe que baifa Cormoran, & qui, felon Tanzaï, faifoit fur le vifage de la Fée, un effet affez ridicule. Comme il étoit de mauvaife humeur, il éxamina Cormoran pour le critiquer. Après le portrait charmant

K k iij

qu'en avoit fait Mouſtache, il s'attendoit à voir une perſonne miraculeuſe, & ne fût pas fâché quand il vît dans ce Prince ſi vanté, une petite figure haute de quatre pieds, grêle, & contrainte, & qui ne lui parût avoir pour tout agrément qu'un air fade, & doucereux qui annonçoit le caractére de ſon eſprit, & la poſſeſſion où il étoit de plaire aux femmes de l'eſpéce de la Fée. Dans un autre tems, Tanzaï s'en feroit plus diverti, mais la colére où il étoit contre Néadarné, ne lui permît pas d'y faire une plus longue attention. Cette Princesse s'étoit approchée de lui en tremblant, & pendant que les deux amans réünis se disoient tout ce qu'un amour long-tems malheureux, & enfin satisfait, peut inspirer de tendre, Tanzaï, l'œil farouche, & dans un morne silence, se refusa à ses embrassemens. Que vous êtes crüel! lui dit-elle. Cher Prince, que vous répondez mal à ma tendresse! je n'ai point mérité tant de mépris. Allez, Madame, lui dit-il avec fierté, allez retrouver

K k iiij

Jonquille , & oubliez-moi à jamais. Je ne l'ai pas cherché, répondit-elle, vous feul m'avez contrainte à ce funeste voïage, & je ne vois pas pourquoi.... En vérité! Prince, dit Mouſtache qui, à leur querelle, s'étoit rapprochée d'eux, vous êtes bien injuſte de toutes façons , & fi vous ſçaviez combien vous aurez à rougir de votre jaloufie, vous ne la témoigneriez pas fi hautement. Ecoutez-moi, continüa-t'elle en le tirant à part, vous devez vous fouvenir de ce que je vous ai promis au fujet de Concombre, je vous manque de parole dans l'inſtant que vous m'en manquerez. Je ferai plus, je vous prouverai l'innocence de la Princeſſe ; mais pour vous punir de vos injuſtes ſoupçons, je vous en prive à jamais. Ce qui s'eſt paſſé dans cette Iſle, vous inquiéte, il ſeroit aiſé de vous convaincre par le témoignage de Cormoran qui n'a pas quitté un inſtant Néadarné, que plus délicate que vous, ce Génie malgré ſa beauté, & ſa puiſſance, en a été rebuté : Mais voulez-vous des preuves plus fortes, & dont l'évidence

confonde votre incrédulité ?
Vous fçaviez ce qu'étoit Néadarné, ne vous en rapportez
qu'à vous-même fur ce qu'elle
eſt aujourd'hui. Perdez dans
les plus tendres embraſſemens
cette fombre jaloufie que la
Princeſſe ne vous pardonne-
roit peut-être pas fi elle duroit
plus long tems, & fouvenez-
vous, quand même vous ne la
trouveriez pas telle qu'il la faut
pour calmer vos foupçons,
que de tous les hommes du
monde vous êtes celui, à qui,
de toutes façons, la plainte,
& le reproche feroient le

moins permis. Allez expier à
ses pieds le crime de l'avoir si
injustement outragée, & sans
perdre du tems à l'interroger,
disposez la doucement à vous
donner des preuves complet-
tes & de sa vertu, & de sa tendresse pour vous. Tanzaï ne
sçachant que répondre à la
Fée, revînt à Néadarné d'un
air aussi soumis qu'il l'avoit
eû fier, & Moustache étant
sortie avec Cormoran avec qui
elle avoit aussi à s'éclaircir de
bien des choses : Si j'en crois
Moustache, & l'estime que
j'ai pour vous, lui dit-il, vous

ne m'avez point trahie, mais pardonnez à ma délicatesse, si j'ai pû douter de votre vertu : Pour ne pas craindre, il auroit fallu que je ne vous euffe point aimée, & je me fuis trouvé dans des circonftances fi crüelles pour mon amour, fi dangereufes pour vous, qu'il ne m'a pas été poffible d'être fans inquiétude. Ce fatal Oracle qui ordonnoit que vous allâffiez trouver Jonquille, l'emploi de ce Génie, votre beauté, que de raifons pour trembler ! & qu'il me feroit doux que votre tendreffe pour moi

vous eût fait furmonter tant
d'obftacles ! Ah Seigneur ! répondit Néadarné en pleurant,
je n'ai pas ceffé un moment de
vous aimer. Toûjours préfent
à mon idée, Jonquille, malgré fes foins, n'a pû toucher
un cœur que vous poffedez
tout entier. Ce Génie fans
doute étoit preffant, reprit
Tanzaï, il fembloit que vous
lui fûffiez deftinée, il vous
aura trouvée belle, il étoit
maître ! ne vous fouvient - il
plus, Seigneur, répondit Néadarné du changemeut affreux
qui s'eft fait dans ma perfonne

la nuit qui a précedé mon
départ, & croïez-vous, qu'en
cet état, je dûffe lui infpirer
des defirs? Mais, reprit-il, c'é-
toit à lui à faire difparoître
cette laideur, que feul il avoit
caufée, & j'ai peine à croire
qu'il ait eû plus d'égards pour
vous que pour celles des femmes de cette Ville, qui étoient
dans le même cas que vous.
Il ne m'a pourtant pas confon-
düe avec elles, répondit la Princeffe, & fans fçavoir à qui je
dois le retour de ma beauté
(puifque vous trouvez que
j'en ai) j'ai bientôt paru à fes

yeux telle que je parois aux vôtres. A cet égard, reprit le curieux Tanzaï, vous n'avez pas eû befoin d'implorer fon fecours, mais en quel état revenez-vous? Portez-vous encore des marques de la vengeance de Concombre, & le Génie vous a-t-il été pour cet article, auffi inutile que pour l'autre? Seigneur, dit-elle en baiffant les yeux, comme ce n'eft pas moi qui me fuis apperçüe de ma premiére Métamorphofe, ce n'eft pas encore à moi à décider s'il ne nous refte plus rien à defirer à

l'un, & à l'autre. Vous fçavez
du moins, continua Tanzaï,
fi Jonquille a été fenfible à
vos peines, & vous m'oblige-
rez de me dire quelle a été auprès de vous fa fainte volonté,
pour m'exprimer felon les paroles de l'Oracle. Jonquille,
reprit-elle, a commencé par
loüer avec éxagération le peu
d'agrémens que je puis pofféder, il m'a forcé de lui apprendre quel étoit le fujet de mon
voïage, il a plaint mon malheur plus qu'il ne méritoit de
l'être, & m'a dit enfin que
l'unique moïen d'effacer l'en-
chante-

chantement de Concombre
étoit de me livrer à ses desirs.
Eh bien ? Interrompit Tañzaï
en rougissant. Eh quoi ! Seigneur , dit-elle , vous sçavez
que je vous aime , & vous m'in-
terrogez ! mais enfin , qu'avez-
vous répondu , repliqua le
Prince ? Tout ce que ma passion pour vous , a dû me faire
répondre , reprit-elle. Après
cette prémiere tentative , continüa Tanzaï , a t'il été dé-
couragé ; n'a-t'il pas cherché
à vaincre vos rigueurs ? Vous
méritez qu'il cherchât à vous
acquérir , & je sens qu'à sa

II. P.   LI

place, je ne ſerois pas reſté in-
ſenſible à une beauté telle que
la vôtre.

Seigneur, dit-elle, malgré
le peu que je vaux, mes rebuts
l'ont choqué. S'il n'a pas été
d'abord reçû comme il s'en
étoit flatté, il a crû que ſes
ſoins pourroient me faire accepter ſon hommage ; il m'a
tenu les diſcours les plus tendres ; & plus touché, à ce qu'il
diſoit, de gagner mon cœur,
que des plaiſirs dont des beau-
tés plus faciles le laiſſent joüir
ſans qu'il lui en coûte des ſoins,
il n'a rien épargné pour me

convaincre que j'avois fait fur
lui la plus forte impreſſion. Les
fêtes les plus ſuperbes m'ont
déclaré ſon amour. Plus ſou-
veraine dans ſon Iſle, que lui-
même, j'ai vû ſes ſujets à ſon
éxemple, s'humilier devant
moi; l'amant de Mouſtache
qui languiſſoit dans la plus
crüelle captivité, a vû tomber
ſes chaines, & finir ſe tourmens, je l'ai enfin délivré....
Mais, ce Génie pour prix de
tant de ſoins n'a-t'il rien éxigé
de vous? interrompît Tanzaï:
Soumiſe à ſon pouvoir ſuprê-
me dans le tems même qu'il

le dépofoit entre vos mains ;
n'a-t'il pas cherché à l'éxercer
fur vous ? Comment enfin votre guérifon vous a-t'elle été
procurée ? Le Génie, reprit-
elle, s'eft lâffé de mes refus autant que je me lâffe de vos queftions : Plus amoureux que
vous, & moins injufte, il a
refpecté mes pleurs, je ne fçais
fur qui font tombés fes tranfports, je ne fçais moi-même
en quel état je fuis fortie enfin
de fon Ifle : Je me retrouve
avec vous, vous me faites fu-
bir le plus injurieux éxamen ;
fans mémoire, & fans recon-

noiffance, vous ne vous fou-
venez pas que vous feul m'a-
vez envoïée à Jonquille, vous
oubliez la répugnance que j'ai
eüe à vous obéir. Eh bien,
confommez vos injuftices,
rompez les nœuds qui nous
attachent l'un à l'autre, &
puifqu'enfin vous voulez me
forcer à vous haïr..... Ah
Princeffe ! dit Tanzaï, en fe
jettant à fes genoux, je reconnois tous mes torts, épargnez-
moi votre haine, épargnez-
moi un malheur qui de tous,
feroit pour moi le plus affreux.
Oüi, je crois que toûjours ten-

dre, & fidelle vous n'avez pas
cédé aux tranſports de Jonquille, mais que vouloit donc
dire l'Oracle, & ſi vous êtes
telle que mes tranſports vous
ſouhaitent, par quel moïen
ſuis-je échappé à l'affront qui
ſembloit m'être deſtiné? Je
vous ai déja dit, Prince, réprit Néadarné, que je ne ſçais
ſi Concombre n'eſt plus à
craindre pour nous, j'ai cependant lieu de ſoupçonner que
ſa colére ne pourra plus troubler nos jours. Jonquille ennuïé de ma réſiſtance, après
avoir tenté auprès de moi tout

ce que l'amour peut suggérer
de féductions, me laiffa enfin
à moi-même. Je fûs conduite
dans un Appartement dont je
fermai toutes les portes fur
moi, couchée fur un canapé,
j'y déplorois ma fituation, je
me mis à rêver profondément
à mes malheurs, je m'endor-
mîs, & après le fonge le plus
funefte pour ma pudeur, &
pour mon amour, fonge! qui
toute éveillée que je fuis, me
remplit de terreur, & de honte, je crus m'appercevoir d'un
changement confidérable. . . .
Ah Singe Barbare! s'écria

Tanzaï, il ne me manque plus rien, & ce songe fatal ne me dit que trop combien mes craintes étoient justes. Je ne conçois pas bien, reprit la Princesse, d'un air de courroux, d'où peuvent naître ces transports, & quelle peut-être l'offense que j'ai commise envers vous ; jusques ici, telle a été la conformité de nos avantures que j'ai crû que vous ne deviez pas vous étonner qu'un songe finît les miennes. Punis tous deux de la même maniére, pourquoi ne nous auroit-on pas donné le même reméde ? Ah !

Ah ! s'écria Tanzaï , plût aux Dieux crüels qui me pourfui- vent que je n'euffe point à leur reprocher ce reméde affreux qui vous coûte fi peu de re- mords ! Eh bien , Seigneur , répondit Néadarné , livrez- vous à votre colére , vous ne cherchez qu'à me trouver cou- pable , je confens à l'être. Fai- tes une réalité de mon fonge , oubliez que je ne vous ai ja- mais reproché celui qui vous peignît Concombre fi digne de vos defirs : oubliez que j'au- rois pû fans crime me livrer à Jonquille , mais laiffez-moi

aussi vous fuir pour toûjours,
& puisque vous ne me jugez
plus digne de votre estime, ne
me parlez jamais de votre
amour. La Princesse prononça ces paroles d'un ton si ab-
solu, & marqua tant de courroux, que Tanzaï dominé par
sa tendresse, cessa ses reproches, & se souvenant de l'é-
preuve que Moustache lui
avoit conseillée, voulût calmer
Néadarné, & l'embrassant avec
transport, la réduisît au point
de ne lui rien refuser malgré
sa colére. Ah Barbare! lui
dit elle tendrement, laissez-

moi, vous ne m'aimez plus.
Tanzaï occupé à ſatisfaire ſon
amour, & ſa curioſité ne lui
répondit qu'en redoublant ſes
careſſes, & Néadarné vaincuë
par ſa paſſion, ne s'oppoſa plus
à une épreuve qui aſſuroit pour
toûjours ſa gloire, & ſa tran-
quillité.

CHAPITRE XX.

Comme quoi les plus fins y sont pris. Arrivée de Barbacela. Retour à Chéchian. Differens sur l'Ecumoire terminés à l'a-miable. Fin de l'Histoire.

C'Est pourtant une belle chose que les enchante-mens, car il est de notoriété publique que la Princesse n'en avoit pas été quitte avec Jon-quille pour un rêve, & il est tout aussi vrai que Tanzaï, qui ne sçavoit rien du secret de Mouſtache, fût obligé d'avouer que ſa défiance avoit été injuſte. Auſſi, Néadarné qui n'avoit pas un médiocre intérêt à lui calmer l'eſprit, avoit-elle, avant de ſortir de l'Iſle, prononcé trois fois ſur ſa perſonne, les paroles miſtérieuſes : Pendant tout le chemin qu'il y avoit de l'Iſle, à la Ville Bleüe, elle les avoit redites, & l'on peut penſer que dans la ſituation où elle ſe trouvoit, elle ne crût pas hors de propos de s'en ſervir encore. Cet enchantement qu'elle avoit répeté tant de fois, ſans imaginer qu'il

M m iiij

tirât à une certaine conséquence, l'avoit déguisée au point
qu'il s'en falloit peu qu'elle
n'eut encore besoin du secours
du Génie. Tanzaï impatienté
de tant d'obstacles, fît d'inutiles efforts pour les surmonter,
ni sa tendresse, ni son coura-
ge ne lui servirent. Transporté
d'amour, & de plaisir, ah
Princesse, s'écria-t'il, quel est
mon malheur ! mais quelle est
votre vertu !

Eh quoi ! Prince, lui dit-elle
tendrement, toûjours des plaintes ! Auriez-vous mieux aimé
que je vous eusse mis hors d'é-

rat d'en faire de cette espece ?
Ah ! pourquoi, dit Tanzaï,
qui ne sentoit alors que sa paffion, pourquoi avez-vous tout
refusé à Jonquille ? Quelles feront nos reffources ? Hélas !
après ce fonge que vous venez
de me reprocher, je n'eus pas
befoin du moins de recourir à
un fecond voïage, y ferez-
vous condamnée ? Mais dites-
moi, je vous en conjure quel
eft donc ce fonge qui, chez
Jonquille, s'eft offert à vos ef-
prits. Permettez-moi plûtôt,
répondît Néadarné, d'en oublier toutes les circonftances.

M m iiij

Quoique convaincu à préfent,
que ma fidélité a été réelle ,
vous avez trop de délicateffe,
pour entendre, fans émotion ,
le détail d'une chofe auffi déf-
agréable , & je vous aime trop
vivement pour qu'il ne me
perçat pas le cœur. Oubliez
donc à jamais cette Ifle fatale,
& daignez ne m'en rappeller
jamais le fouvenir. Au refte
ne foïez plus inquiet fur ma
guérifon, Mouftache aujour-
d'hui rentrée dans tous fes
droits, s'oppofera à Concombre, & Barbacela fans doute
nous aidera de fa puiffance :

ainſi, ajouta-t'elle, allons retrouver la Fée, & ne vous obſti-
nez pas davantage à mon de-
ſenchantement, vos efforts ſe-
roient inutiles. Tanzaï, qui
étoit le Prince du monde le
plus plus opiniâtre, ne fût pas
d'abord de cet avis, mais obligé bientôt de reconnoître que
Néadarné lui avoit dit vrai, il
ſortît avec elle pour rejoindre
Mouſtache, & Cormoran. Il
ſeroit difficile de rendre ici
tout ce qu'en cette occaſion il
diſoit de tendre à la Princeſſe:
Qu'on ſe figure un homme
éperdûment amoureux, & ja-

loux au dernier point, qui a tout à craindre, & qui eſt convaincu de toutes façons, qu'il eſt échappé au péril qui le menaçoit. Ils ne fûrent pas longtems ſans rencontrer Mouſtache, qui panchée nonchalament ſur ſon ſpiritüel Cormoran, ſortoit du jardin. La Fée s'apperçût aiſément à l'air ſatisfait de Tanzaï, que Néadarné étoit dans ſon ame, hors de tout ſoupçon; & pendant que les deux Princes ſe renouvelloient leurs politeſſes, eh bien, dit Mouſtache à Néadarné en la tirant à part, comment s'eſt

paſſé l'éclairciſſement ? A cet
égard, reprit la Princeſſe, je
n'ai rien à ſouhaiter, mon
époux ſe croiroit criminel de
me ſoupçonner: Mais Mouſtache, je ne me conſolerai jamais de ce qui s'eſt paſſé avec
le Génie, & je me reproche-
rai toûjours l'artifice dont je
viens de me ſervir avec Tanzaï. Je conçois, répondît la
Fée, que les deux choſes dont
vous me parlez ſont pour une
perſonne auſſi vertüeuſe, &
auſſi ſincére que vous, ce qui
peut arriver de plus crüel,
mais l'une, & l'autre étoient

néceſſaires ; ne vous en occu=
pez donc plus. Ah Mouſta-
che ! repliqua-t'elle , eh le
moïen que je ne m'en occupe
pas? Jonquille m'a menacée
de prendre la figure de mon
époux , quand il voudroit
m'arracher des faveurs , & je
ſuis ſi frappée de la crainte
qu'il n'éxécute ſes menaces ,
qu'à l'inſtant même je doutois
ſi c'étoit lui , ou Tanzaï qui
éxigeoit de moi une explica-
tion. Serai-je toûjours dans la
même crainte? Quand il arriveroit que Jonquille uſeroit
de ce ſtratagême pour vous

voir, reprît la Fée, qu'en cou-
teroit-il à votre vertu ? d'ailleurs vous ne pourrez jamais
que le soupçonner. Ah ! n'en
est-ce pas assez, s'écria Néadarné ? Au nom des Dieux !
délivrez-moi de cette crainte.
Je ne puis, répondit Moustache, le Génie, qui vient de
sortir de la Léthargie où vous
l'aviez plongé, au désespoir
de votre fuite, forme dans ce
moment même le projet de
vous aimer toûjours, & ne se
console de vous avoir perdüe
que par la certitude où il est
de vous revoir. Mais, conti-

nüa-t'elle, n'allez pas découvrir au Prince les craintes que
vous infpire Jonquille, foup-
çonneux comme il l'eſt, il vous
obſerveroit fans ceſſe, & vous
rendroit malheureuſe à force
de délicateſſe. Il faut cependant que vous haïſſiez bien
Jonquille pour que l'idée de
vous retrouver avec lui vous
afflige ; la nuit derniere, il
vous étoit moins odieux. J'ai
fuccombé, repartit la Princeſ-
fe, à la rigueur de mon fort,
mais mon cœur toûjours fidele, n'a pas perdu un inftant l'i-
mage de Tanzaï : Il y auroit

bien, reprit Mouſtache, quelque choſe à vous repondre là-deſſus, mais une plus longue converſation ſeroit peut-être ſuſpecte à votre époux, & je veux revoir Cormoran. En achevant ces paroles, elles ſe rapprochérent des deux Princes qui, déja les meilleurs amis du monde, diſſertoient enſemble ſur l'harmonie de la Vielle. Ils reprenoient tous le chemin du Palais où ils étoient logés, lorſqu'un char brillant, & traîné par des Papillons, vînt du haut des airs s'abattre auprès d'eux. A ce pompeux équipage, ils reconnûrent la bienfaifante Barbacela. Tanzaï courût au-devant d'elle avec d'autant plus de joïe qu'il crût en la revoïant, tous fes malheurs terminez. Cette Fée embraffa avec tendreffe Mou-ftache & Cormoran, & les fé-licita tous deux d'une réünion fi long-tems defirée. Pour vous, Prince, dit elle à Tan-zaï, vous avez bien fouffert depuis mon abfence, & la Prin-ceffe n'a pas été éxempte de tourmens. Le Deftin irrité de votre défobéïffance, à ma priére enfin s'eft calmé, je re-

vois

vôis avec plaisir sur vous , l'E-
cumoire enchantée, & si Saugrénutio consent à ce qu'on
lui demande , à l'abri des per-
sécutions de Concombre,vous
passerez les jours les plus heureux.

J'ai peine à croire, dit Tanzaï que vous veniez à bout de
le persuader, il est sur l'article de l'Ecumoire d'une opiniâtreté invincible : En vain
tout l'Etat s'est armé contre
lui, rien n'a pû le vaincre. J'ai,
répondit Barbacela, un moïen
sûr pour le faire obéïr. Mais
montez dans ce char , nous
II. P.   N n

allons tout à l'heure être tranf-
portez à Chéchian , & c'eft là
que vous joüirez d'un plein
repos. Tous les amans obéï-
rent à la Fée , & le char fe-
condant leur impatiénce , leur
fît voir bientôt la capitale de
la Chéchianée. On ne peut
exprimer la joïe de Céphaès
en revoïant les deux époux :
Après bien des careffes , & des
queftions, la Fée manda Saugrénutio. Pendant l'abfence
du Prince , les chofes avoient
changé de face , le Patriarche
étoit mort. Le Grand-Prêtre
afpiroit fecretement à cette

dignité, mais comme elle dépendoit entiérement du Roi,
il voïoit peu de jour à l'obtenir à moins qu'il ne devînt
docile fur l'article de l'Ecumoire. Ambitieux comme il
étoit, l'Ecumoire l'effraïoit
moins depuis qu'il y voïoit at-
tachée une auffi grande place.
Malgré fa rebellion, il n'auroit pas héfité alors à la lécher,
fi elle n'eut été que d'une groffeur ordinaire ; mais à la honte qu'il trouvoit à fe rétracter,
il fe joignoit encore la douleur qu'indubitablement elle
lui cauferoit, & la perte to-

tale de fa bouche. Ces deux
motifs étoient les feuls qui
l'empêchaffent d'obéir.

Le Roi qui n'avoit pas de
plus cher intérêt que le falut
de fon fils, confentoit à nom-
mer Saugrénutio, Patriarche,
s'il fe rangeoit à fon devoir.
Un Négociateur habile dépu-
té par Céphaès au Grand-Prêtre, lui avoit fait indirecte-
ment des ouvertures fur cette
affaire, & Saugrénutio étoit
en pour-parler lorfque la Fée
arriva; il ne tira pas à mauvais
augure d'en être mandé. Le
bruit avoit long tems couru

que cette Fée l'avoit aimé, &
que ce fait fût vrai, ou non,
il eſt certain qu'elle avoit toûjours eû pour lui cette ſorte de
conſidération que l'on conſer-
ve pour les perſonnes avec qui
l'on a vécu amicalement. Auſſi
avoit-on été extrémement ſur-
pris quand on ſçût que cette
Fée l'avoit deſtiné à lécher
l'Ecumoire, & l'on attribua
ce mauvais tour qu'elle lui faiſoit, à quelque depit ſecret qui
l'animoit contre lui. L'arrivée
de Barbacela ne déplût cependant pas à Saugrénutio; & il
ſe rendit à ſes ordres dans l'in-

ftant qu'il les eût reçus. Ap-
prochez, lui dit Barbacela, je
fçais quel eft le motif qui vous
empêche d'obéir, & d'écouter
vos véritables intérêts. Je puis
en votre faveur, lever l'obftacle
qui vous gêne : La groffeur de
l'Ecumoire vous effraïe, ne la
craignez plus, je vous promets,
foi de Fée, qu'elle n'aura rien
des défagrémens qui vous ré-
voltent contre elle, & j'ai obtenu du Roi qu'il vous feroit
Patriarche, pour vous païer
de votre obéïffance. Confen-
tez-vous à ce que je vous propofe ? Oüi, dit Saugrénutio,

& dès demain en préfence de
la Nobleffe, & des Sacrificateurs, je lécherai l'Ecumoire,
puifqu'enfin il en faut paffer
parlà. Alors le Prince le çom-
plimenta fort civilement, &
le Roi le nomma fur le champ,
Patriarche de la Grande Chéchianée. Tout le monde parût
content de cette réünion. Les
Sacrificateurs feuls accuférent
Saugrénutio de lâcheté, & ne
conçûrent que du mépris pour
un homme qui, à ce qu'ils di-
foient, vendoit l'honneur de
la Réligion ; pendant qu'il n'y
en avoit pas un qui, pour un

moindre prix, ne l'eut vendû
bien d'avantage. Tanzaï, qui
mouroit d'impatience de fe
voir Poffeffeur de Néadarné,
demanda au Grand-Prêtre s'il
ne pourroit pas fur le champ
lêcher l'Ecumoire, il y confentoit, mais la Fée aïant affuré qu'il étoit important que
cette cérémonie fût publique,
le Prince fe vit encore contraint d'attendre ; & par le
confeil de Barbacela, il paffa
la nuit éloigné de fa Princeffe
à qui Mouftache tînt compa-
gnie, comme Cormoran la
tînt au Prince. Néadarné
avertît

avertît Mouſtache qu'elle
croïoit avoir répeté le ſecret,
& cette généreuſe Fée, on ne
ſçait comment, y mît ordre.
Enfin ce jour ſi deſiré arriva.
La Fée, le Roi, & les quatre
amans ſe rendîrent de bonne
heure au Temple où Saugrénutio revêtu des ornemens de
ſa nouvelle dignité, lêcha l'E-
cumoire avec une grace ſur-
naturelle, en préſence de la
Nobleſſe, & des Sacrificateurs.
Dans le fonds de l'ame il étoit
outré de s'avilir à ce point, &
pour s'en conſoler, il ordonna
par ſon premier Decret qu'au-

II. P.   Oo

cun Sacrificateur à l'avenir ne
pourroit être reçu, sans lécher
aussi l'Ecumoire. On imagine
aisément que ce Décret ne passa pas sans opposition, & qu'il
fût dans tous les tems, une
source de discorde dans la
Chéchianée. Après cette auguste Cérémonie, chacun retourna au Palais : Barbacela,
après avoir assuré les deux
époux d'une constante protection, & de l'impuissance de
Concombre à les tourmenter,
retourna dans l'Isle Babiole.
Tanzaï se vît au comble de ses
vœux; amoureux autant qu'il

étoit aimé, il ne se souvînt
plus des allarmes que lui avoit
causé Jonquille, & la tendre
Néadarné perdît dans les bras
de son époux le souvenir de
Concombre, & peut-être encore celui de Génie. Moustache, & Cormoran après être
restez quelque tems à Chéchian pour partager les plaisirs
de Tanzaï retournérent auprès de Barbacela, après avoir
promis aux deux époux de les
venir revoir souvent. Céphaès,
las de sa Couronne la céda à
son fils qui, toûjours amoureux, se fit le plus d'héritiers

qu'il pût. Néadarné, si elle revît Jonquille, n'en dît rien, & tel fût leur bonheur, que Concombre même devînt de leurs amies. Ici, faute d'une plus ample Chronique finira une des plus extraordinaires Histoires que peut-être on se soit jamais avisé d'Ecrire.

Fin de l'Histoire.

www.ingramcontent.com/pod-product-compliance
Lightning Source LLC
Chambersburg PA
CBHW061327050726
47504CB00013B/585